www.tredition.de

AF198112

Marcel Zischg

Was fehlt eigentlich

Erzählungen

www.tredition.de

Verlag und Druck:
tredition GmbH, Halenreie 42, 22359 Hamburg

ISBN
Paperback: 978-3-7469-0587-7
E-Book: 978-3-7469-0441-2

Druck in Deutschland und weiteren Ländern

Bibliografische Information der Deutschen Nationalbibliothek: Die Deutsche Nationalbibliothek verzeichnet diese
Publikation in der Deutschen Nationalbibliografie; detaillier-
te bibliografische Daten sind im Internet über
http://dnb.d-nb.de abrufbar.

Inhalt

Der kranke Garten

Der Junge im Zug sah traurig aus, als sich das Mädchen zu ihm setzte. Aber er gab ihr den Platz neben sich und schob seine kleine Reisetasche beiseite.

„Wohin fährst du", fragte das Mädchen. Sie hatte sich in seine großen, dunklen Augen verliebt.

Da drehte er sich vom Fenster weg, sah sie an und sagte: „Was kümmert's dich."

Erschrocken wich sie zurück. Er mochte ebenso alt sein wie sie selbst, fünfzehn vielleicht, doch während sie sich unbekümmert auf der Heimfahrt von der Schule befand, schien in dem Jungen etwas verstimmt zu sein. Er drehte sich wieder zur Seite.

Das Mädchen schwieg. Etwas an dem Jungen faszinierte das Mädchen. Sie war nicht beleidigt.

Sie lebte in einem kleinen Dorf in einem schmalen Tal. Sie kannte dort beinahe jeden Gleichaltrigen, aber der hier schien nicht dazuzugehören.

Der Junge blickte hinaus auf das Tal, auf den Fluss, der am Gleis entlanglief. Ein sanfter Nebelschleier hatte sich über das Wasser gelegt.

Vielleicht, dachte das Mädchen, weint der Junge heimlich. Aber es war ein unsichtbares Weinen, ein Weinen, das er in sich trug. Seine Augen hatten ein Ziel.

Eine Viertelstunde verging schweigend. Dann stieg der Junge an derselben Haltestelle aus wie das Mädchen.

Das Mädchen verfolgte den Jungen. Sie war sich sicher, er hütete ein Geheimnis. Vom Gleis aus ging er durch das ganze Dorf, wobei er stets kleine Seitenstraßen oder Gassen wählte. Bald bemerkte er das Mädchen hinter sich, aber er drehte sich erst um, als er das Dorf verlassen hatte.

Er wanderte zum Dorf hinaus einen Schotterweg entlang, der durch schier endlose Apfelbaumreihen führte. Stamm an Stamm reihte sich in der Talsohle, aber kein Einziger trug Früchte oder Blätter, denn ein Feuer hatte alle Baumreihen zerstört. Die Stämme waren geschwärzt, und die Äste reckten sich in den Himmel wie wirre Finger.

Und irgendwo mitten in diesen öden Apfelbaumreihen standen der Junge und das Mädchen nun einander gegenüber, nur Meter voneinander entfernt. Hinter der Plantage erhob sich ein Berg, der von der Mittagssonne bestrahlt wurde. Der Junge hatte seine Reisetasche hingeworfen und hielt dem Mädchen eine Pistole entgegen.

„Du hast dich in mich verknallt, stimmt's. Warum, zum Teufel?"

Das Mädchen wäre am liebsten weggelaufen. Doch sie wagte es nicht, auch nur eine Bewegung zu machen. Dennoch spürte sie, dass niemand in der Nähe war. Es war September, Erntezeit, und normalerweise wären jetzt von früh bis spät die Erntehelfer aus Osteuropa dagewesen, um Äpfel zu pflücken und in Holzkisten zu verpacken. Aber jetzt, in der zerrütteten Plantage, war niemand da.

Das Mädchen schloss die Augen.

„Ich habe keine Angst", sagte sie.

Als sie die Augen wieder öffnete, war der Junge fort. Das Mädchen erinnerte sich nur an seine großen, dunklen Augen. Dann lief sie weg, so schnell sie konnte.

Der Junge mit den großen dunklen Augen traf seinen Bruder auf einer Lichtung des Berges.

„Sie wird uns finden", sagte er. Der jüngere Bruder nahm dem älteren die Pistole aus der Hand. „Du bist so schön und hast große dunkle Augen. Viele Mädchen haben sich schon in dich verliebt. Sogar Mama ist in dich verliebt. Sie werden dich suchen."

„Uns", sagte der ältere Junge.

Hinter ihnen floss ein Bergbach herab, der weiter unten im Tal in den Fluss mündete. Es war ein Bach mit schneller Strömung.

Der ältere Bruder nahm dem jüngeren die Pistole wieder ab und warf sie ins Gras. Der Jüngere ergriff sie aber wieder und steckte sie ein.

„Die muss uns jetzt begleiten", sagte er. Und zu seinem Bruder gewandt: „Komm mit!"

Sie nickten einander zu und folgten dem Bach stromaufwärts.

Das Mädchen kam nach Hause und erzählte den Eltern von der Begegnung mit dem Jungen. Die Mutter umarmte das Mädchen.

„Gott sei Dank, dass dir nichts passiert ist", sagte sie.

Dann riefen die Eltern des Mädchens die Polizei.

Gleichzeitig mit den zwei Polizeimännern erschien eine Frau, die sich als die Mutter des Jungen ausgab, der das Mädchen bedroht hatte. Das Mädchen erzählte ihr alles, was geschehen war. Die Mutter des Jungen weinte.

Das Mädchen blickte in den großen Spiegel des Wohnzimmers. Sie hatte traurige Augen. Sie schloss ihre Augen und hörte die Mutter des Jungen neben sich auf dem Sofa schluchzen: „Sie waren immer so brave Jungs, meine Jungs. Warum nur sind sie weggelaufen?"

Als das Mädchen die Augen wieder öffnete und in die Augen der fremden Mutter blickte, waren sie groß und blau – helle Augen, anders als die des Jungen. Aber auch in diesem hellen Blau konnte das Mädchen etwas spüren – so vieles saß darin; ein ganzer Garten voller Blumen. Das Mädchen dachte, dass in einem solchen weiten Garten gewiss auch Unkraut blühte.

Die Mutter der Jungen hatte tatsächlich einen Garten, aber er war eng und überwuchert von Efeu. Blumen blühten darin keine mehr. Das Unkraut hatte ihn überfangen, weil die Mutter ihn nicht mehr liebte, seit ihr Mann vor ein paar Jahren gestorben war. Die Jungen hatten sich nicht mehr wohlgefühlt in dem kranken Garten, der sich um das Haus schlang.

Später, nach vielen Verwicklungen, sagte ein alter Mann aus: „Ja, ich habe die Brüder gesehen. Sie waren ganz hoch auf dem Berg. Sie kamen an meiner Wellblechhütte vorbei, wohin ich meine Ziegen treibe, die da immer weiden. Ein Junge war groß und schlank, und er hatte große dunkle Augen. Der andere war kleiner, pummelig und hatte versteckte kleine, helle Augen hinter einer großen Brille. Sie haben mich gefragt, wo die Berge enden. Ich habe nur den Kopf geschüttelt. Ich wusste nicht, was sie meinten. Sie gingen dann einfach weiter und hielten sich an der Hand. Ja, und plötzlich waren sie verschwunden. Sie haben nicht hierher gehört, das habe ich gleich gemerkt."

Als das Mädchen wieder einmal mit dem Zug aus dem Tal hinausfuhr, fragte ein freundlicher Junge, ob neben ihr noch ein Platz frei wäre. Das Mädchen lächelte. Was für große dunkle Augen der Junge hatte! Über den Fluss im Tal hatte die Sonne einen sanften, feinen Nebelschleier gelegt.

Der Freund von der einsamen Straße

Das Mädchen zündet das Feuerzeug an und hält dem Bruder die brennende Flamme vor das Gesicht. Er sitzt neben ihr auf der Bank und weicht erschrocken zurück. Sie lacht und zündet sich eine Zigarette an. Ihr Freund sitzt auf der anderen Seite neben dem Mädchen und grinst.

Er hat sie zum Rauchen überredet – er, denkt der Bruder wütend. Es ist das erste Mal, dass die Dreizehnjährige raucht. Sie zieht an der Zigarette, inhaliert und hustet den Rauch sofort wieder aus.

„Schmeckt's?", fragt der Freund.

Sie nickt und lächelt schwach.

„Ach, komm schon", ruft ihr Bruder, „du tust doch nur so, um ihm zu imponieren!"

„Schnauze!", ruft der Freund.

Sie schweigt und wirft dem Freund ein liebevolles Lächeln zu.

Er ist hübsch, findet sie, sein freches Grinsen gefällt ihr. Er fängt an, sie zu küssen – lange und intensiv. Ihm gefallen ihre Lippen. Sie sind voll und gleichförmig und fühlen sich ganz zart an.

Nach dem Kuss ruft sie ihrem Bruder zu: „Du stehst jetzt als Schlappschwanz da, weil du nicht geraucht hast. Nur darum bist du wütend!"

„Nein, das stimmt nicht! Ich will nur nicht husten und mich vielleicht übergeben müssen!"

„Ach, dann verpiss dich doch!", ruft der Freund. „Los, weiter!", fordert er und stupst sie an. Sie nimmt die Zigarette ein weiteres Mal in den Mund. Der Geschmack gefällt ihr, als sie wieder daran zieht. Nur fühlt sie einen leichten Schwindel.

Nach Schulschluss am späten Nachmittag haben sie sich verabredet, das Mädchen und der Freund. Der Bruder ist ihnen heimlich gefolgt. Er hatte bereits einen Verdacht, denn sie sind einer Straße stadtauswärts gefolgt und haben sich an der Hand gehalten, als die Schule nicht mehr in Sichtweite war und keiner mehr sie gesehen hat.

Der Bruder ist im Wald geblieben, durch den die Straße führt, und ist ihnen so nachgeschlichen. Sie haben sich nicht unterhalten. Sie haben nur ein paar Mal angehalten, um sich zu küssen. Keiner hat es gesehen, nur er und die Septembersonne, die vom Abendhimmel schien. Sie war gerade dabei, unterzugehen.

Sie sind dann weitergegangen auf der Straße. Nie ist ihnen ein Auto entgegengekommen. Dem Bruder ist aufgefallen, dass er diese Straße noch nie in seinem Leben gesehen hatte. Er hat sich gewundert über die Einsamkeit der Straße. Nie ist ihnen jemand begegnet, und weit und breit war kein Geräusch zu hören – auch nicht aus dem Wald, in dessen Unterholz er sich versteckt hat. Wenn er durch das Gebüsch gegangen ist, hat er nicht einmal seine eigenen Schritte gehört. Kein Ast hat geknackt, kein Laub geraschelt, wie unter einem seltsamen Zauber.

Er hat auch ihre Schritte nicht gehört, aber plötzlich hat er bemerkt, dass die beiden miteinander gesprochen haben. Er hat ihre Worte zwar nicht verstanden, aber was sie gesagt haben, hat sich schön und liebevoll angehört.

Irgendwann dann sind sie an diese Unterführung gekommen und haben sich auf eine alte Holzbank gesetzt. Es war eine Straßenunterführung; auf der Straße darüber rauschte der Verkehr vorbei. Die Mauern waren kalt und voller Unkraut; Efeu schlang sich daran entlang, Käfer und Würmer versteckten sich darin, an den Stellen, wo die Mauer aus dem Efeu hervorschaute, war sie ganz schwarz und schmutzig.

Als sie wieder Zigaretten hervorgeholt haben, ist er aus dem Gebüsch gesprungen und hat sich schnell auf die andere Seite gesetzt, sodass seine Schwester in der Mitte saß und neben ihr auf der anderen Seite der Freund. Außer ihren Stimmen ist weiterhin alles ruhig gewesen um sie auf der einsamen Straße; noch nicht einmal den Verkehr auf der dicht befahrenen Straße über ihnen haben sie gehört.

„Warum ist diese Straße so einsam", fragt der Bruder. „Kein Auto fährt, kein Spaziergänger geht, noch nicht einmal ein Tier huscht über den Asphalt. Es ist, als ob diese Straße niemand kennt."

„Es ist eine einsame Straße", antwortet der Freund. „Es ist ganz und gar meine Straße – meine allein! Du hast beschlossen, ihr zu folgen."

Die Schwester blickt auf die Zigarette in ihrer Hand und fühlt wieder den Schwindel. Ihr Blick wandert über die einsame Straße zurück in Richtung Stadt. Dann fragt sie sich, wie die Straße nach der Unterführung weitergeht, denn jenseits von ihr sieht sie nur ein grelles, weißes Licht. Sie weiß, sie verlässt die Stadt, wenn sie weitergeht. Vielleicht gibt es dann keine Möglichkeit mehr, zurückzukehren.

„Du musst ihm und dieser einsamen Straße nicht folgen", sagt ihr Bruder, „komm, gehen wir zurück!"

Sie fühlt sich unwohl. Sie steht auf und klopft sich die Kleider ab, als könne sie den Geruch des Zigarettenrauchs so wegzaubern.

„Der Rauch ist widerlich", ruft sie. Dann machen sie sich auf den Weg und lassen den Freund auf der Bank zurück.

Der Freund beginnt zu weinen und sieht ihnen nach. Er denkt: Wärst du bei mir geblieben, hätten wir die einsame Straße verlassen können. Wir hätten eine glücklichere Straße finden können. Er blickt nach oben und hört plötzlich wieder den Verkehr der Schnellstraße.

Bruder und Schwester gehen die einsame Straße zurück, Hand in Hand. Die Sonne ist immer noch nicht untergegangen, nähert sich aber dem Horizont und leuchtet orangerot.

„Sie sieht aus wie eine riesengroße Blinkleuchte", sagt der Bruder.

„Nein, sie sieht aus wie ein glühend roter Ball, der hinter dem breiten Schwarz der Bäume versinkt", sagt die Schwester. Sie sieht auf zu dem gelblichen Himmel. Eine dunkle Wolke schwebt darüber hin wie ein Rauch. Die Luft fühlt sich stickig an, und die Schmutzwolke über ihnen scheint größer zu werden.

„Gehen wir jetzt nach Hause", fragt die Schwester.

„Ja", sagt er, „aber was willst du eigentlich machen, wenn du kommendes Jahr mit der Schule fertig bist?"

„Ich weiß es noch nicht."

Sie geht gerne zur Schule, aber eigentlich geht sie lieber mit dem Freund einen ganz anderen Weg – egal, welchen

Weg er geht. Sie will bei ihm sein, das weiß sie jetzt auf einmal wieder, ohne jeden Zweifel. Sie dreht sich um und läuft die Straße zurück in Richtung Bank.

„Nein!", ruft ihr Bruder.

Aber als er ihr nachlaufen will, ist die Straße auf einmal verschwunden in einem Feld mit wilden Gräsern, und seine Schwester mit ihr. Alles hat sich verloren in einer weiten, weglosen Ebene unter einem weißen Himmel – ein Ort, der nirgendwohin führt, denkt der Bruder. Er wendet sich um und sieht, dass die Straße ihn in die Stadt zurückführt. Nach Hause, denkt er erleichtert. Dann setzt er sich in Bewegung, ohne sich noch einmal umzusehen.

Als er zu Hause den Eltern davon erzählt, glauben sie ihm nicht.

„Aber meine Schwester ist verschwunden!", ruft er verzweifelt.

„Hör auf, zu blödeln!", ermahnt der Vater ihn.

„Du hattest niemals eine Schwester", sagt seine Mutter.

Er ist still und denkt an die einsame Straße, die plötzlich aufgetaucht und ebenso plötzlich wieder verschwunden ist. Da weiß er auf einmal, dass er sich die einsame Straße, die Schwester und den Freund nur ausgedacht hat.

Die Sonne ist immer noch nicht untergegangen. Er sieht sie vom Wohnzimmerfenster aus am Horizont. Sie versinkt in dem Wald, in dem seine Schwester verschwunden ist. Er fühlt einen Schwindel.

„Geh sofort auf dein Zimmer und mach deine Hausaufgaben", sagt die Mutter. „Und komm in Zukunft pünktlicher heim! Du bist erst dreizehn und willst uns wohl nicht schon jetzt auf der Nase herumtanzen!"

Nachdenklich geht er auf sein Zimmer.

In seinem Zimmer gibt es ein großes Fenster. Er blickt hinaus und sieht den Sonnenuntergang hinter der Obstplantage, dahinter liegt der breite Streifen aus Schwarzeichen. Er öffnet das Fenster, aber nun sieht er auf einmal keine Obstplantage mehr. Vor dem Fenster strecken sich kahle Bäume und schwarze Stümpfe in den Himmel, der mit einem Mal strahlend blau ist, obwohl die Sonne untergeht. Vögel zwitschern, und Geräusche von einem Verkehr sind zu hören; eine dicht befahrene Straße verläuft plötzlich unter seinem Fenster entlang, zwischen den kahlen Bäumen hindurch. Und doch gibt es Momente, in denen kein Auto fährt, in denen es ganz still ist.

In einem solchen Moment stellt er sich vor, aus dem Fenster zu springen und denkt: Wenn ich falle, werde ich sehen, wie meine Schwester mit dem Freund die Straße weiterläuft, dem Sonnenuntergang entgegen. Es ist eine einsame Straße, ganz und gar die Straße des Freundes, seine allein. Aber die Schwester hat beschlossen, ihr zu folgen. Sie endet an einem Abgrund. Die beiden laufen darauf zu, immer näher, Schritt für Schritt. Dann springen sie, während sie sich an den Händen halten.

Kurze Zeit

Es dämmerte schon, als der fünfzehnjährige Matthias in die Straße einbog, die ihn zur Bushaltestelle führte. Er setzte sich in das kleine gläserne Häuschen, um auf den Bus zu warten. Matthias hatte sich verspätet. Heute hatte er vom Nachmittag bis zum frühen Abend Fußballtraining mit seiner Jugendmannschaft gehabt. Dreimal wöchentlich fuhr er mit dem Bus zwanzig Kilometer in das Tal hinein zum Training und am frühen Abend dann wieder hinaus in seine Heimatstadt am Eingang des Tales.

Heute hatte das Training länger gedauert. Matthias war müde und verärgert, dass er jetzt noch eine halbe Stunde auf den Bus warten musste. Er blickte auf die Bergkette, die steppenartig bewachsen war und auf der es steile Felshänge gab. Der September hatte die Bäume dort oben und im Tal rot und braun gefärbt. Autos fuhren an der Landstraße vorbei. Matthias atmete durch und kramte in seiner Sporttasche nach der Wasserflasche.

Auf einmal trat Elia an ihn heran, der in seiner Mannschaft in der Verteidigung spielte. Elia war groß und schlank und trug Kontaktlinsen, die das Grün seiner Augen zum Leuchten brachten. Matthias kannte ihn gar nicht so richtig. Zwar wohnte er in derselben Stadt und ging sogar auf dasselbe Gymnasium, aber in die Parallelklasse, und sie hatten sich nie viel unterhalten, auch nicht in der Mannschaft.

„Wann kommt denn der Scheißbus", fragte Elia müde und ließ sich auf die Bank neben Matthias fallen.

„Noch eine halbe Stunde", erwiderte Matthias und zündete sich eine Zigarette an. „Seit wann fährst du überhaupt mit dem Bus, Elia? Du hast mir doch mal gesagt, dass dich deine Alten immer ins Tal kutschieren. Ich bin froh, dass sich meine nicht so für mein Leben interessieren."

„Ja", sagte Elia, „meine Eltern haben mich immer kutschiert. Aber jetzt will ich das nicht mehr."

„Ach ja", seufzte Matthias und blies eine Rauchwolke in die Luft. Ein paar Autos fuhren vorbei und die Straßenlampen schalteten sich ein. Matthias zog ein paar Mal die Luft tief ein und aus, als falle es ihm schwer, zu atmen.

„Alles okay, Matti?"

„Schnauze, ja?"

„Du klingst ja ganz schön sauer."

„Ja … aber eigentlich bin ich gar nicht sauer. Eher traurig. Und weißt du auch, warum?"

„Veräpple mich jetzt nicht, Matti."

„Nein, ich will dir was erzählen."

Er blickte ernst auf den Berg gegenüber in Richtung einer Lichtung und atmete noch einmal durch. Dann ließ er die Zigarette zu Boden fallen und trat sie aus, obwohl sie noch gar nicht zu Ende geraucht war.

„Weißt du, wie beschissen die erste Liebe sein kann", fragte er Elia und blickte dabei mit unbeweglichem Gesicht hinauf zum Berg. „Alle sagen, sie ist was ganz Besonderes. Aber meine erste Liebe war schrecklich. Ich weiß gar nicht, warum ich dir das jetzt erzähle, doch ich muss einfach. Ich hab sie hier kennengelernt – hier, an dieser Bushaltestelle. Vor zwei Monaten. Ich hab auf den Bus gewartet nach dem Training und war ganz allein, die anderen Spieler sind ja alle aus dem Dorf. Es war Ende Juli und heiß."

„Ich habe dich auf dem Fußballfeld beobachtet", sagt Amelia und sieht Matthias an. „Ich muss auch mit dem Bus fahren."

Matthias weiß nicht, was er sagen soll. Er hat das Mädchen nie zuvor gesehen.

„Wer bist du? Wohnst du auch hier? Ich hab dich hier noch nie gesehen."

„Amelia. Ich wohne mit meinen Eltern hier in der Stadt, am Ausgang des Tals, in einem Hotel. Wir sind aus Deutschland, machen Urlaub. Heute wollte ich mal allein das Tal hier ein bisschen erkunden. Wollen wir wirklich schon mit dem nächsten Bus fahren? Es ist doch erst fünf. Kannst du mir nicht einen schönen Platz hier zeigen?"

Sie stehen auf, verlassen die Haltestelle und gehen über ein Feld mit hohem Gras. Insekten summen und ein leiser Wind fährt durch die Tannen, die bald schon den Anfang eines Waldes markieren. Als sie zwischen die hohen Bäume treten, nimmt Matthias Amelia an der Hand. „Komm", sagt er.

Sie lächelt. Da muss er auch lächeln. Er führt er sie ein Stück durch den schattigen Nadelwald, querfeldein. Er kennt sich hier aus, verirren kann er sich nicht. Da fällt ihm plötzlich ein, dass er seine Sporttasche an der Bushaltestelle hat liegen lassen. Aber obwohl auch Geld und sein Personalausweis darin sind, mag er jetzt nicht ans Zurückgehen denken. Er will weitergehen, mit Amelia.

Es geht ein Stück bergauf, und nach einer halben Stunde erreichen sie eine Lichtung, karg bewachsen und umrahmt von hohen Fichten und Tannen. Am Ende mündet sie in eine Schlucht, die in ein Tal abfällt. Über den felsigen Hang blickt man von hier aus auf das gesamte Tal und auch in ein Seitental.

Matthias und Amelia setzen sich ins Gras und küssen sich.

Dann blicken sie eine Zeitlang hinab ins Tal und sehen das Dorf, für dessen Fußballverein Matthias spielt und den Fußballplatz, der jetzt verlassen daliegt.

„Diese Lichtung hier, das ist mein Lieblingsplatz. Ich bin oft hier gewesen, aber immer allein. Ich hab immer gedacht, dass ich eines Tages meine erste Liebe hierherbringe."

„Oh, bitte", seufzt Amelia. „Das war bisher alles so schön, aber jetzt klingst du kitschig. Du bist sicher auch schon mit anderen Mädchen oder Jungs hier gewesen. Außerdem muss ich doch wieder nach München zurück. Aber ich mag dich sehr, und diese Lichtung ist echt schön."

„Mögen ...", sagt er.

„Komm", fordert sie ihn auf. Dann gehen sie gemeinsam in Richtung Abhang. Einige Meter davor steht ein hölzernes Wegkreuz. Sie gehen achtlos daran vorbei, ohne es anzusehen. Unmittelbar dahinter steht ein rechteckiges altes Schild, das ganz gelb ist und auf dem in schwarzer Schrift geschrieben steht: BETRETEN DIESES WEGSTÜCKS AUF EIGENE GEFAHR!

Ein kleiner erdiger Waldweg führt sie bis an den Abgrund mit den steilen felsigen Wänden. Sie kauern sich auf einen Felsen und blicken wieder hinab ins Tal.

„Hier ist man ganz allein", sagt sie.

„Ja, und deswegen ist der Platz mein Geheimnis", sagt er, „deswegen komme ich nach dem Fußballtraining immer allein hierher."

„Das glaub ich nicht", neckt sie ihn und lächelt schelmisch. Dann kniet sie sich auf einen kleineren Felsen, breitet beide Arme zum Flug aus wie ein Vogel und spitzt die Lippen.

„Jetzt küss mich", sagt sie, „aber bleib auf deinem großen Felsen!"

Er kniet auf dem großen Felsen. Sie ist gefährlich nah am Abgrund. Er küsst sie, während sie ihre Augen geschlossen hält.

„Ich kann es mir nicht erklären, Elia", erzählt Matthias, „aber plötzlich löste sich der kleine Felsen. Während des Kusses hat Amelia auf einmal geschrien. Sie hat versucht, sich an mir festzuhalten, aber ich bin vor ihr zurückgewichen und habe ihre Hände vor Schreck zurückgeschlagen. Ich habe ..."

„Ja, man hat sie stundenlang gesucht", sagt Elia, „ich habe davon gehört. Und dann lag sie eine Weile im Krankenhaus."

„Sie fanden sie am Abend, auf einem Felsvorsprung", erzählt Matthias weiter und wischt sich Tränen aus dem Gesicht. „Niemand weiß, warum sie abgestürzt ist. Ich konnte nichts sagen. Niemand wusste von unserer Begegnung. Sie hat nichts erzählt über mich. Ich bin dann einfach weggelaufen. Warum nur? Amelia hat nichts erzählt, aber sie hat es mir nicht verzeihen können. Ich hatte Angst, als sie abgestürzt ist. Ich hatte Angst, etwas würde mich mit ihr nach unten ziehen. Ich bin weggelaufen vor diesem Etwas. Ich bin zurückgekommen zur Haltestelle und fand da meine Sporttasche. Es war nichts gestohlen und ich war sehr erleichtert.

Ich stieg einfach in den nächsten Bus und fuhr nach Hause. Mit meinen Alten habe ich nie darüber gesprochen. Aber jetzt ... Ich habe es nicht mehr ausgehalten. Ich musste es jemandem erzählen, Elia."

„Warum hast du es nicht der Polizei erzählt?"

„Weil es meine Geschichte ist! Es ist keine Geschichte für die Polizei. Es ist die Geschichte meiner ersten Liebe. Und so soll es bleiben. Amelia sieht das auch so. Sie hat auch niemandem erzählt, was zwischen uns war. Sie hat der Polizei und ihren Eltern gesagt, sie ist bei einer einsamen Wanderung abgestürzt. Ich hab sie dann im Krankenhaus besucht, in der Stadt, und da hat sie mir dann gesagt, sie wird schweigen. Sie hat sich gut erholt. Sie hatte ein verdammtes Glück. Aber sie hat auch gesagt, dass sie mich nicht wiedersehen will. Auch für sie war es der erste Kuss ihres Lebens. Aber ich war nicht schuld an ihrem Sturz. Erzähl bloß niemandem diese Geschichte, verstanden?"

„Klar, sicher."

„Versprochen?"

„Versprochen, Matti."

Elia blickt hinauf in den dunklen Himmel. Keiner ist zu sehen, und seit ein paar Minuten kommt auch kein Auto mehr vorbei.

„Ich bin hierher gewechselt, in dieses Kaff", erzählt Elia. „Weißt du eigentlich, warum ich mich für den Verein entschieden habe, Matti? Früher, vor ein paar Jahren, haben wir uns in der Stadt doch immer auf diesem abgelegenen Fußballplatz zum Spielen getroffen, weißt du noch? Da war der Til dabei ..."

„Ja, ich erinnere mich. Mister Oberschlaumeier Til, das Sport-Ass. Er ist bei fast jedem Schüler in der Stadt beliebt."

„Bist du neidisch?"

„Nein, das ist nur die Wahrheit, Elia. Mit etwas Sarkasmus."

„Jedenfalls habe ich den Til immer sehr bewundert. Er ist jetzt fast siebzehn und spielt kommendes Jahr vielleicht schon als Stürmer in der Stadtmannschaft. Vor vier Jahren aber, da ist dem Til ein komischer Unfall passiert."

„Was für ein Unfall?"

„Naja, damals, es war ein Abend im April, war ich allein in der Stadt unterwegs. Ich bin mit dem Fahrrad zu dem Wald gefahren, wo der einsame Fußballplatz lag, erinnerst du dich? Ich war dreizehn, damals. Ich hatte gehofft, dass ich da jemanden treffe, mit dem ich spielen kann. Als ich da angekommen bin, es war schon nach Sonnenuntergang, habe ich den Til da liegen gesehen, unter dem umgekippten Fußballtor. Er war bewusstlos, hat sich nicht mehr gerührt und auch nicht reagiert auf meine Rufe. Ich hab ihn dann unter dem Tor liegen lassen und mit dem Handy die Rettung angerufen. Bis die gekommen ist, hat es aber eine ganze Weile gedauert, denn der Platz liegt ja ein Stück außerhalb. Der Til lag auf dem Bauch, das Gesicht im Gras, das Tor auf ihm und der Bügel vom Tor auf seinem Hinterkopf. Aus einer Wunde am Hinterkopf floss Blut. Ich hab gar nichts getan, Erste Hilfe oder so. Ich konnte nicht. Nur eine Sache habe ich gemacht: Der obere Teil seines Hinterkopfs, der lag nicht unter dem Tor. Ich hab mich also vor Til ins Gras gelegt, auf den Bauch, und hab angefangen, seinen Hinterkopf zu streicheln. Und schließlich … Ich denke, ich würde das nie sonst tun können, aber ich hab ihn auf den Hinterkopf geküsst. Ich bin mit ihm im Gras gelegen und wusste, der ist nicht tot. Ich war ihm irgendwie ganz nahe. Wir hatten immer nur miteinander Fußball gespielt, aber jetzt ... Ich wusste, ich würde ihm nie wieder so nah sein. Es war alles ganz ruhig um uns rum und ich spürte einen warmen, leisen Wind, der uns beiden über das Haar streichelte. Unsere Köpfe berührten sich, und ich atmete den Duft des Grases ein. Der Wald rauschte, und der Wind wurde allmählich stärker. Ich hab immer wieder seinen Hinterkopf geküsst und es war wunderschön, denn ich habe Til gespürt – kurz nur, ein paar Minuten vielleicht.

Dann war ich weg. Wahrscheinlich bin ich eingeschlafen. Als ich wieder zu mir kam, hat mich ein Mann von der Rettung wachgerüttelt und mich gefragt, ob mit mir alles in Ordnung ist. Es dämmerte schon. Ja, hab ich gesagt, ich war nur plötzlich so kaputt. Sie fürchteten schon, ich hätte einen Schock bekommen und wär zusammengebrochen, deshalb nahmen sie mich mit ins Krankenhaus, untersuchten mich und kümmerten sich um mich. Bis dann meine Mutter kam, um mich abzuholen.

Til, so kam es später heraus, war an dem Abend ganz allein auf den Fußballplatz gegangen und das Tor war auf ihn raufgestürzt, als er sich an dem oberen Bügel festgeklammert hatte. Er hatte eine Gehirnerschütterung.

Gleich nach dem Unfall konnte ich nicht mehr mit ihm befreundet sein. Wir trafen uns nie mehr auf dem Fußballplatz und spielten auch bald nicht mehr in derselben Mannschaft, denn Til durfte zu den Fünfzehn- und Sechzehnjährigen wechseln, obwohl er noch kaum vierzehn war. Er war schon in dem Alter ein großes Talent. Wir waren Freunde gewesen, aber von da an hat er nicht mehr von sich aus mit mir gesprochen.

Gleich nach dem Unfall verliebte er sich in ein Mädchen. Ich hatte schon gemerkt, wie er die Rebecca immer anstarrte, wenn er mit seiner Clique im Hof stand. Aber ich glaube, er war zu schüchtern. Er hatte oft Kopfschmerzen nach dem Unfall, am Hinterkopf. Einmal hat er zu mir gesagt: Immer wenn ich Rebecca sehe, krieg ich Kopfweh. So ist das mit der Scheißliebe. Dann hat er laut gelacht, als wäre alles nur ein Scherz. Aber ich wusste es besser, denn auch mein Kopf hat vor Schmerzen gepocht.

Als er fünfzehn war, hat Til Rebecca nach einem Fußballspiel geküsst. Ich habe ihm beim Spiel zugesehen auf der Tribüne, wie Rebecca, und dann sah ich, wie Til nach dem Spiel aus der Kabine kam und Rebecca umarmte und küsste. Seine erste große Liebe.

Ich bin ja jetzt im technischen Gymnasium, Til im humanistischen, und so haben wir uns etwas aus den Augen verloren. Einmal aber bin ich ihm an der Bushaltestelle begegnet, vor kurzer Zeit erst, in der Stadt. Er trug sein Fußballtrikot und kurze Hosen, es war Hochsommer. Ich ging an der Haltestelle vorbei, auf dem Weg ins Schwimmbad. Er hielt mich auf: Hey, Elia! Ich blieb stehen. Die Nachmittagssonne schien auf sein dunkelblondes Haar. Es leuchtete so schön, sein Haar, ich konnte ihn fast nicht ansehen.

‚Wie geht's, Elia?'

‚Gut, danke. Und dir?'

‚Alles sattelfest. Ich spiele noch immer gut hier im Stadtverein mit. Und du bist heuer aufs Land gewechselt?'

,Ja, ich wäre in deine Mannschaft gekommen sonst, aber …'

,Aber? Das wäre doch sehr schön gewesen. Warum bist du nicht bei uns in der Stadt geblieben?'

,Wohin … wohin fährst du, Til?'

,Zu Rebecca. Sie wohnt ja einige Kilometer weit weg. Elia …'

,Ja?'

Er ist auf mich zugekommen, und dann haben wir direkt voreinander gestanden und er hat mich mit seinen dunklen Augen ein paar Sekunden lang angesehen – nicht so, wie ich es mir gewünscht hätte, aber freundlich hat er doch geschaut. Und endlich hat er gesagt: Elia, ich hab es dir nie gesagt: Danke, dass du mich damals auf dem Fußballplatz gefunden hast. Wir waren als Kinder gute Freunde, weißt du noch? Bis zu diesem Tag … ich weiß auch nicht, was danach war. Ich hab gelächelt, obwohl ich traurig war. Til hat freundlich zurückgelächelt, und es hat so ausgesehen, als hätte er mir mein Lächeln geglaubt. Weißt du, was, sagte er: Ich verrate dir ein Geheimnis, Elia. Immer, wenn Rebecca mich küsst, hab ich nachher merkwürdige Kopfschmerzen. Das ist wie ein Fluch. Da kam der Bus und er zuckte zusammen, als hätte er vor irgendwas Angst."

„Warum hast du das getan?", fragte Matthias.

„Was?"

„Mir diese Geschichte von dir und Til erzählt."

„Weil ich es nicht mehr ausgehalten habe, darüber zu schweigen. Wie du bei Amelia."

Matthias schwieg und blickte auf einen unbestimmten Punkt zwischen den dunklen Gipfeln.

Elia schämte sich nicht, Matthias alles erzählt zu haben.

„Es ist 2007", sagte er, „eine Zeit, in der alles möglich ist. Manche Menschen beschimpfen immer noch solche Pärchen, wenn sie Hand in Hand durch die Straßen gehen. Meine Eltern wissen nichts davon, mein Bruder ebenso wenig, aber sie würden mich trotzdem lieben. Daran glaub ich."

Elias Gesicht blieb ernst, und er blickte ebenso wie Matthias auf einen unbestimmten Punkt in der dunklen Berglandschaft. Ab und an aber schweifte sein Blick in Richtung Talausgang, zur Stadt. Er hatte keinen Kontakt mehr zu Til, und in diesem Augenblick fühlte er eine so starke, unerfüllte Sehnsucht nach ihm, dass er den Tränen nahe war. Er dachte an Freundschaft, an Liebe und daran, was sie bedeuteten. Doch dann fühlte er nur noch eine große Ausweglosigkeit und Leere, und seine Gedanken fielen in ein schwarzes Nichts.

Erst nach einer Minute des Schweigens sagte Matthias: „Elia, das ist eine schöne Geschichte. Schöner als die von mir."

„Warum", fragte Elia und blickte zu Boden.

„Weil du ein paar schöne Minuten gehabt hast. Ich meine, es war eine kurze Zeit, aber wenigstens war sie schön. Ich hatte keine schöne Zeit. Und Amelia hätte sterben können, weil ich nichts gesagt habe."

„Stimmt", sagte Elia. „Aber du hattest die Zeit, als du mit Amelia im Wald spazieren gegangen bist. Und die Zeit, als du sie an der Haltestelle kennengelernt hast. Du warst verliebt."

Matthias lächelte. In diesem Moment kam der Bus. Sie stiegen ein und setzten sich in die hinterste Reihe nebeneinander. Vorn saß ein junges Liebespärchen, das sich küsste, und in der Mitte saß ein Junge, etwa zehn Jahre alt. Neben ihm saß offenbar sein Großvater, der ihm Geschichten über die Stadt erzählte.

„Wir haben gar nicht so lange gewartet", sagte Elia, „obwohl der Bus sich verspätet hat. Die Zeit kam mir kurz vor."

An einer Haltestelle des Tales stieg ein junger Mann ein und setzte sich zwei Reihen vor sie. Das eifrige Gespräch der Jungen hinter ihm veranlasste ihn zu einer Bewegung mit der erhobenen Hand, die andeuten sollte, dass die beiden ihm zu viel redeten: Vier gespreizte Finger schlugen schnell gegen den Daumen und bildeten einen schnatternden Schnabel. Aber die Jungs kümmerten sich nicht um ihn und redeten weiter. Und als sie ausstiegen, in der Stadt, begleitete Matthias Elia nach Hause, und sie redeten immer weiter, noch lange Zeit.

Marc und Robert

Marc soll beim Bäcker Brot und Milch holen, bevor er in die Schule muss.

Der Verkäufer ist etwa dreißig. Er ist schlank, hat ein schmales, müdes Gesicht und dunkelblondes Haar, das sich am Hinterkopf bereits lichtet. Überhaupt ist er kein besonders schöner Mann mit seiner dicken, vorstehenden Unterlippe und den kleinen Augen hinter der großen Hornbrille.

Marc stellt sich in der Schlange vor dem Tresen an und wartet. Der Verkäufer wirkt gestresst. Die Abläufe, die er wiederholt – kassieren, Wechselgeld, Ware einpacken – sind eigentlich nicht schwer, aber immer, wenn ein Kunde etwas von ihm wissen will, wirkt er erschrocken. Er stammelt bei seinen Erklärungen, seine Stimme zittert, und oft bricht er mitten im Satz ab oder bildet unsinnige Sätze.

Endlich ist Marc an der Reihe und verlangt Brot und Milch. Der Verkäufer packt das Brot ein, nimmt die Milch, tippt alles in die Kasse und hat dabei kein einziges Lächeln.

„Sechs Euro und fünfundvierzig Cent", verlangt er mit ernstem Gesicht, ohne Marc anzusehen. Marc reicht ihm einen Fünfzig-Euro-Schein und sagt: „Leider habe ich kein Kleingeld, Sie werden mir wohl Wechselgeld rausgeben müssen …"

„Das werde ich wohl müssen", sagt der Verkäufer streng, „aber ich kann es nicht ausstehen, wenn die Leute bereits am frühen Morgen kein Kleingeld in der Tasche haben – das ist schlichtweg Faulheit!"

Marc erschrickt. Er lässt Ware und Wechselgeld auf dem Tresen liegen und läuft weg. Der Verkäufer blickt ihm hinterher, ohne etwas zu sagen.

Als er die Tür der Bäckerei öffnet, um hinauszueilen, steht er auf einmal in einem Klassenzimmer, einem Werkraum. Schüler basteln an Werkstücken aus Holz. Der Lehrer, ein großer, ruhiger Mann mit kleinen blauen Augen, sitzt vorne am Pult und liest in einem Buch, ohne sich um die wild durcheinanderbrüllenden Schüler zu kümmern.

Marcs bester Freund Robert spricht ihn an: „Was stehst du denn da so rum, Marc? Wir müssen doch unser Didgeridoo fertigbauen!"

Robert zieht Marc mit sich zu einem langen Instrument, das an einer Werkbank in der ersten Bankreihe lehnt. Aber Marc kann nicht arbeiten, weil Robert das Instrument aus Bambus zuerst einmal von allen Seiten betrachtet. Marc fühlt sich Robert in diesem Augenblick zugeneigt, aber zugleich ist er blockiert, als stünde er vor einem großen schwarzen Loch, das ihn verschluckt, wenn er auch nur den kleinen Finger rührt.

Dann hört er sie aus dem Loch rufen, die Mädchen. Nein, er dreht sich nicht um. Ihre Stimmen ertönen aus der Bankreihe hinter Marc: „Marc! Marie möchte mit dir gehen! Magst du sie denn nicht? Marc, rede doch mit uns! Marc! Marc! Marc!"

Die Mädchen sind hübsch. Auf ihrem Tisch ist kein Werkstück zu sehen, als Marc sich umdreht. Sie sehen ihn an und kichern. Als Marc sich wieder zu seiner Werkbank dreht, kichern und tuscheln sie weiter.

„Oder kriegst du deinen ersten Ständer erst an Weihnachten, Marc?", ruft eines der Mädchen durch den Raum, woraufhin die ganze Klasse in schallendes Gelächter ausbricht.

Marc spürt ein merkwürdiges Gefühl. Er denkt, das alles ist ein Alptraum. Er fühlt sich nicht wirklich da. Trotzdem hat er Angst, vor der ganzen Klasse weinen zu müssen. Er spürt einen Kloß im Hals.

„Ich hole dich!", tönt es aus dem großen schwarzen Loch, vor dem Marc steht. „Marc, du entkommst mir nicht! Dann wirst du flennen, und alle werden dich noch mehr auslachen, dafür sorge ich! Sie werden dich auslachen, wenn du flennst, denn dann bist du schwach und sie werden dich einen Schwächling nennen, weil du es gar nicht anders verdient hast, wenn du flennst, denn die anderen sind ja viel stärker als du! Du kannst dich ja nicht einmal gegen sie wehren, so schwach bist du!"

Der Kloß in Marcs Hals wird jetzt immer dicker, und ein trauriges Gefühl trommelt mit Fäusten gegen sein Herz.

„Marc?"

Das ist Jonas, der sich mit einem aufgesetzten Grinsen an ihn wendet. „Marc, du bist doch der Beste in unserer Klasse, und ich weiß nicht, ob ich diese Woche alle Hausaufgaben mitgeschrieben habe ... Borgst du mir mal kurz dein Merkheft?"

Marc gibt ihm das Heft und fühlt sich benommen, als würde eine unsichtbare Kraft Jonas das Heft reichen, als wäre er nicht mehr er selbst, als wären seine Gedanken gelähmt. Etwas in ihm ahnt, dass Jonas etwas Gemeines vorhat.

Als er ihm das Merkheft reicht, fühlt es sich an, als zerbräche etwas in ihm.

Er versucht, sich Robert zuzuwenden, der allein weiter an dem Didgeridoo arbeitet; mit irgendeiner langen Stange versucht er gerade zusammen mit Max, das Instrument auszuhöhlen. Dabei blickt er traurig und schweigt.

Hinter sich hört Marc verschwörerisches Getuschel. Der Lehrer berät eine Schülerin am anderen Ende des Raums, die mit einem Hobel ein Holzscheit glätten will. Marc fühlt Kälte, obwohl der Raum an diesem frühen Januarvormittag stark geheizt ist. Er zittert geradezu vor Kälte. Das schwarze Loch wird Recht behalten: Er hat keinen Mut, er fühlt sich feige.

Jonas reicht ihm sein Merkheft zurück: „Danke, Marc." Er grinst.

Marc öffnet das Merkheft, und ein DIN-A4-Blatt fällt heraus. Er hebt es auf und liest: *Marc, es ist sehr schade, dass du nicht mit mir gehen willst. Ich hatte so gehofft, ich würde dir gefallen. Ich finde es echt gemein und feige von dir, dass du mich nicht beachtest! Gemein und feige!...*

Marc liest nicht weiter.

Marie tritt an ihn heran und grinst. „Na, was liest du da denn Schönes?" Sie hat ihre Jacke über den Kopf gestülpt und tut so, als wäre sie ein Gespenst. Dann wirft sie sie mit einem Ruck vom Kopf und beginnt, laut über Marcs verzweifeltes Gesicht zu lachen. Jonas und sein Freund Manuel stimmen in das Gelächter ein.

„Herr Lehrer!", ruft Marc und hält dem gerade vorbeieilenden Lehrer den Brief hin.

„Ah, ein Liebesbrief!", meint der Lehrer und lächelt. Dabei strahlen seine kleinen blauen Augen, als erinnere er sich an etwas Wunderschönes. Er geht wieder zum Pult, setzt sich hin und liest weiter in seinem Buch.

Das Getuschel und Gekicher hinter Marc schwillt an, aber er bemüht sich, es nicht zu hören. Doch bald lässt sich Marc zu Boden sinken, weint und brüllt: „Ich hasse euch!" Er verbirgt sein Gesicht in den Händen. Da hören alle auf, zu lachen und verstummen. Endlich, denkt Marc, es ist vorbei.

An einem Sonntag steht er im Geschäft an der Tankstelle. Sein Vater, der die Tankstelle betreibt, arbeitet mit ihm zusammen im Laden hinter dem Tresen. Sie verkaufen Zigaretten und servieren Getränke und heiße Würstchen mit Senf. Marc kassiert, und sein Vater sieht ihm zu.

Viele Leute stehen Schlange, und Marc vertippt sich ständig an der Kasse oder gibt falsches Wechselgeld heraus. Wenn das passiert, ruft sein Vater immer: „Heute bist du ja ganz schön durcheinander!", oder „Schläfst du etwa noch?" oder „Du sorgst nur für Chaos hier!" Der Vater sagt es in einem Tonfall, der schnippisch und enttäuscht zugleich klingt, als würde er denken: Marc, ich kann nur auf dich stolz sein, wenn du alles richtig machst. Wenn du Fehler begehst, blamierst du mich vor meinen Kunden, verstehst du das nicht?

Nein, Marc versteht nicht, wie der Vater so gemein sein kann, denn er macht die Fehler ja nicht absichtlich. Er macht Fehler, weil er Angst hat, Fehler zu begehen. Aber er traut sich nicht, das zu sagen. Er bedient die Leute still weiter und sein Vater sieht ihm weiter zu.

Der Vater ist ein kleiner, kräftiger Mann mit einem gepflegten Kinnbart und kleinen blauen Augen. In der Nachkriegszeit hatte er eine schwere Kindheit und ist deshalb der Meinung: „Nur ein strenger Lehrer ist ein guter Lehrer, weil das Leben hart ist – und dann wirst du auch hart, Marc, und kannst dem Leben Paroli bieten."

In seiner Freizeit aber ist der Vater nett zu Marc. Dann steigen sie zusammen auf Berge oder gehen schwimmen, und der Vater sagt: „Meine Eltern waren arm und mussten noch viel mehr arbeiten. Deshalb hatten sie kaum Zeit für mich."

Irgendwann macht Marc dann alles richtig im Geschäft und sein Vater lobt ihn.

Marc steht auf einem Sportplatz. Sie haben sich nach dem Unterricht hier versammelt, Marc und einige neue Mitschüler. Marc ist nun sechzehn und geht aufs Gymnasium. Vor ihm steht ein großer, kräftiger Bursche namens Gregor. Er rempelt ihn an.

„Hey, kleiner Wurm", grölt er, „du besiegst mich nicht im 1000-Meter-Lauf, du bist eine Lusche! Und ich verachte Luschen!"

Sein Gesicht blickt Marc streng und mit kleinen, traurigen Augen an, die irgendetwas Verletzliches verbergen. Wahrscheinlich will er deshalb so stark sein und zeigen, dass ich viel schwächer bin als er, denkt Marc. Wahrscheinlich gibt es auch in ihm ein großes dunkles Loch. Aber er gibt sich nicht geschlagen, nicht dieses Mal. Mit Worten weiß er sich zwar nicht zu wehren, aber mit Leistungen: Er nimmt die Herausforderung zum Wettlauf an. Sie stellen sich nebeneinander an der Startlinie auf: Auf die Plätze, fertig, los!

Marc rennt so schnell er kann. Und tatsächlich macht der kräftige Gregor nach fünfhundert Metern schlapp. Er hat keine Ausdauer. Völlig außer Atem tritt er nach dem Wettrennen an Marc heran. Lange hat er ihn verachtet, seit Schulbeginn, aber jetzt sagt er ernst und aufrichtig: „Gut hast du das gemacht, Marc."

Robert hat Marc von der Tribüne aus beobachtet und mitgefiebert. Marc hat es geschafft! Er hat die ganzen tausend Meter durchgestanden und ist als erster ins Ziel gelaufen. Jetzt tritt auch Robert an Marc heran. Es ist April und in der Spätnachmittagssonne, die hinter den Bergen untergeht, leuchtet sein braunes Haar fast blond. Das findet Marc wunderschön. Robert lächelt Marc stolz an und muss gar nichts sagen. Marc ist müde und glücklich.

Robert und er denken sich in den Pausen immer gemeinsam Geschichten aus, spielen Karten oder reden einfach. Doch manchmal ist da ein Schweigen, wie jetzt. Dann weiß Marc nicht, was Robert denkt. Aber trotzdem fühlt er Nähe, Zuneigung. Ab und zu wünscht er sich sogar …

Marc unterbricht diesen Gedanken.

Marc steht auf dem Busbahnhof, Robert steigt in den Bus. Marc lebt in der Stadt und begleitet Robert auf seinem Heimweg immer zur Bushaltestelle, denn Robert wohnt in einem Dorf in den Bergen. Marc blickt dem Bus hinterher, wie so oft. Er ist so traurig, dass er weinen könnte. Irgendwann wird Robert für immer aus seinem Leben wegfahren, und niemand ist so wie er. Robert hat ihn nicht gehänselt, damals. Er hat nur traurig geblickt, als man ihn gemein behandelt hat. Er hatte nur nicht den Mut, ihn zu verteidigen.

Robert fährt jeden Tag mit dem Bus nach Hause und was er außerhalb der Schule tut, bleibt für Marc ein Geheimnis. Sie treffen sich nie in ihrer Freizeit. Marc hat Angst, Robert danach zu fragen. Er will Robert nicht belästigen. Und Robert scheint es nicht zu stören, dass Marc nicht fragt.

Robert ist blitzgescheit. Obwohl er viel weniger lernt als Marc, schreibt er bessere Noten. Aber Robert ist kein Kämpfer. Marc hat immer das Gefühl, um Liebe und Anerkennung kämpfen zu müssen, während sich Robert lieber still in sich zurückzieht, als wäre ihm egal, was die anderen von ihm halten. Robert ist schmächtig und etwas größer als Marc. Er hat große, braune Augen, die immer einen klaren, logischen Blick auf alle Dinge bewahren. Einmal allerdings hat Marc in einer gemeinsamen schriftlichen Arbeit aus Versehen einen Satz wiederholt, woraufhin Robert gesagt hat: „Marc, du Idiot, das ist doch nicht korrekt!"

Eines Tages sitzt Marc in einem großen Prüfungssaal und schreibt eine Maturaprüfung. Er zittert und muss sich zusammennehmen, damit seine Hand nicht unleserlich schreibt. Vor ihm sitzt ein Lehrer, ein externer Prüfer. Hinter ihm sitzt Robert.

Aber Robert hat sich verändert. Er ist nicht mehr der Robert, der traurig ist, wenn Marc gehänselt wird oder der glücklich und mit Bewunderung auf Marc blickt wie an dem Spätnachmittag auf dem Sportplatz. Er ist nicht mehr der Robert, den Marc vermisst, wenn er im Bus in sein Dorf fährt. Robert schweigt. Er schweigt Gefühle. Er verzieht nie eine Miene, als wäre alles ihm egal. Vielleicht ist das Leben zu einfach für ihn. Die Schule ist keine Herausforderung, er lernt leicht, und für jede mathematische Aufgabe findet er eine Lösung. Robert schreibt nur noch glänzende Noten und interessiert sich für Naturwissenschaften. Darauf ist er stolz, auf seine Leistungen und sein Wissen. Er gibt sich mit Jungs ab, die hübsch sind oder beliebt, nicht mehr mit Marc. Robert achtet darauf, sich schön und lässig anzuziehen, und manchmal lächelt er überlegen – Marc weiß nicht, warum.

Eigentlich war Robert immer schon schweigsam, und schon immer hat es ein Schweigen gegeben zwischen ihm und Marc, aber jetzt thront zwischen ihnen, wenn sie überhaupt noch miteinander reden, ein leeres Schweigen. Es gibt nichts mehr zu sagen. Da ist kein Gefühl mehr in diesem Schweigen, weil Robert keines mehr zeigt, vielleicht auch gar nichts mehr für Marc empfindet. Am schlimmsten ist, dass ihm das vielleicht ganz egal sein könnte. Marc schmerzt es, dieses leere Schweigen, aber niemand scheint aufhalten zu können, was da geschieht. Sie entfernen sich voneinander, immer mehr.

Nachdem Marc seinen Prüfungsbogen abgegeben hat, wird ihm bewusst, dass das heute die letzte schriftliche Prüfung war.

Plötzlich steht Robert vor ihm. Er fragt: „Wie war die Prüfung?"

„Ganz gut", sagt Marc.

Robert sagt, er habe sich mit ein paar Jungs und Mädchen für heute Nachmittag in der Stadt verabredet, zum Pokern – natürlich nur mit Spielgeld. Er blickt Marc an und ein zufriedenes Lächeln ruht auf seinem Gesicht. Er bietet

Marc an, dazu zu kommen. So würde er mal etwas anderes kennenlernen.

Marc sagt nichts und denkt wieder an das große schwarze Loch. Damals war Robert ihm nahe. Er muss sich überwinden, zu sprechen und sagt mit zitternder Stimme: „Also, ich verbringe den Rest des Tages zu Hause, denke ich. Ich bin einfach nur geschafft, Robert."

Robert nickt nur und verlässt schnell den leeren Prüfungsraum.

Marc wartet noch etwas und blickt abwesend auf seine Bank, ohne an etwas Bestimmtes denken zu können. Er fühlt sich traurig, als wäre irgendetwas in ihm für immer zerbrochen.

Mit einem Mal steht der externe Lehrer vor ihm und blickt ihn mit seinen kleinen dunklen Augen an. „Alles in Ordnung, Junge? Es haben doch alle schon längst abgeschlossen – warum gehst du denn nicht?"

Marc blickt erschrocken auf und erkennt, dass er inzwischen ganz allein mit dem Lehrer im Raum steht.

„Ja, warum gehe ich eigentlich nicht", murmelt er und läuft davon.

Marc ist gerade mit dem Zug in seine Studienstadt gefahren. Jedes Wochenende fährt er nach Hause, um dem Vater in der Tankstelle zu helfen. Er ist ein fleißiger Student – er studiert Italienisch. Seine Matura liegt inzwischen sechs Jahre zurück, er ist jetzt fünfundzwanzig. Robert hat er nie wiedergesehen. Er hat gehört, er studiert weit weg, in Hamburg. Zu seinen Kommilitonen knüpft Marc wenig Kontakte. Überhaupt traut er sich kaum, sich in einem Seminar zu

Wort zu melden. Sein Herz schlägt dann heftig, weil er Angst hat, etwas Falsches oder Peinliches zu sagen.

Als er in sein Studentenzimmer tritt, klingelt das Telefon und seine Mutter fragt, ob er gut angekommen sei.

„Ja, alles in Ordnung, mach dir keine Sorgen, Mama." Marcs Mutter ist sehr fürsorglich und ruft jeden Abend an, um sich nach ihm zu erkundigen. Seine Eltern haben ihm sein Studium finanziert; seine Mutter ist Lehrerin und unterrichtet Deutsch und Geschichte am Gymnasium. Marc liebt seine Eltern, auch wenn sein Vater bei der Arbeit an der Tankstelle immer noch streng ist.

„Ich bleibe heute Abend zu Hause", versichert er seiner Mutter.

Aber am späten Abend fährt er dann doch mit dem Fahrrad in die Innenstadt, wo er sich mit Pirmin trifft, einem Mechatronikstudenten. Pirmin lebt mit einem anderen Studenten in einer Wohngemeinschaft. Marc tritt zum ersten Mal in Pirmins Zimmer. Es ist groß, aber nur ein kleines, einfaches Bett steht darin. Ein PC mit breitem Bildschirm thront auf einem schönen Schreibtisch, und eine leere Vase aus weißem Porzellan steht daneben. Eine Glastür führt auf einen kleinen Balkon, von dem aus man auf eine verkehrsreiche Straßenkreuzung hinabblickt.

Pirmin ist größer und hübscher als Marc. Er hat dichtes, dunkelblondes Haar, leuchtend blaue Augen und schöne, feine Gesichtszüge. Er ist nur ein halbes Jahr jünger als Marc und gerade dabei, sein Bachelorstudium abzuschließen. Pirmin hat Probleme mit seiner Freundin, die während Marcs Abwesenheit so schlimm geworden sind, dass er nervlich am Ende ist und sich bei Marc ausweint. Marc tröstet Pirmin und wünscht ihm viel Glück, denn Pirmin wird bald fortziehen; er hat in München ein gutes Jobangebot im Elektronikbereich.

Tief in der Nacht verabschieden sich die beiden voneinander. Pirmin dankt Marc von Herzen für seinen Trost. Er redet viel mehr über seine Gefühle als Robert, trotzdem ist er irgendwie weit weg, findet Marc. Er hat das Gefühl, dass Pirmin ihm nicht wirklich nahe sein kann, so wie Robert das einmal konnte. Eigentlich haben sie sich noch gar nicht so oft getroffen, aber offenbar hat Pirmin das Gefühl, sich Marc anvertrauen zu können. Das freut Marc.

Als er sich von Pirmin verabschiedet, den er erst vor Monaten zufällig in einer Studentenkneipe kennengelernt hat, fühlt er, dass etwas in ihm zerbricht – eine kurze, leise Hoffnung. Sie umarmen sich schnell zum Abschied, und dabei stößt Pirmin die leere Vase um, die am Rande seines Schreibtisches steht. Das Porzellan zerbricht auf dem Fußboden.

„Scherben bringen Glück", sagt Pirmin und lacht.

Marc lächelt und geht. Auf dem Heimweg weint er und fühlt sich kraftlos. Er öffnet seinen schwarzen Regenschirm, versteckt sich darunter und geht durch die dunkle Stadt. Er mag sie sehr, weil sie viel größer und belebter ist als seine Heimatstadt. Er geht immer weiter eine leere, einsame Straße entlang.

Mit einem Doktortitel in der Hand steht Marc vor seinen Eltern. Er ist jetzt siebenundzwanzig und seine Eltern loben ihn über alle Maßen. Er arbeitet nicht mehr in der Tankstelle und sucht nach einer Arbeit im wissenschaftlichen Bereich, wenigstens im Buchhandel. Bis er eine solche Stelle gefunden hat, was schwierig ist, will er zunächst in einer Bäckerei als Verkäufer jobben.

Einmal trifft Marc Robert in seiner Stadt wieder, mitten auf der Straße. Es ist ein kühler Novembermorgen und Menschen eilen an ihnen vorbei.

Neben Robert steht ein dunkelblondes Mädchen. Es ist kein schönes Mädchen, findet Marc. Sie ist schlank, hat eine dicke, vorstehende Unterlippe und trägt eine große runde Brille, hinter der sich kleine dunkle Augen verbergen. Ihr Gesicht ist schmal und blass.

Robert lächelt Marc stolz an. Er ist noch hübscher geworden, groß und schlank. Hübscher als ich, findet Marc.

„Hallo, Marc, wie geht es dir", sagt er und strahlt über das ganze Gesicht, als wäre er glücklich. Marc erzählt ihm von sich.

„Schade, dass du nur Verkäufer in der Bäckerei bist, Marc", entgegnet Robert, „aber du wirst sehen, das wird schon noch."

Marc weiß darauf nichts zu antworten, stattdessen fragt er Robert, was er inzwischen arbeitet.

„Ja, ich … ich bin inzwischen Assistent an der Uni, am Institut für Architektur in Hamburg. Wir sind nur auf Urlaub hier, Melanie und ich. Wir besuchen meine Eltern. Melanie kommt aus Hamburg. Sie studiert Italienisch."

Melanie lächelt Marc freundlich an und streckt ihre Hand zum Gruß aus. Sie hat kleine zierliche Finger und ihr Händedruck ist angenehm warm.

„Wir müssen jetzt leider weiter, Marc", sagt Robert, „meine Eltern erwarten uns. Wir wollten vorher nur schnell was einkaufen."

„Es war schön, dich zu sehen, Robert."

„Ja ... schade, dass uns nicht mehr Zeit bleibt, Marc. Komm, Melanie."

Melanie verhält sich ganz schweigsam. Im Weitergehen lächelt sie ebenso glücklich wie Robert und sagt noch zum Abschied zu Marc: „Leider hat Robert nie von dir erzählt."

Abgrund

Der junge Mann war zum ersten Mal verliebt. Er saß mit einem Mädchen in einem fremden Auto auf dem Rücksitz. Sie küssten sich aber nicht, sondern saßen nur stumm nebeneinander.

Der junge Mann sah nicht, wer das Auto steuerte. Draußen war nichts als Dunkelheit. Als das Auto endlich anhielt und sie ausstiegen, standen sie auf einem Berggipfel. Vor ihnen lag eine Almhütte, dort kehrten sie ein. Um sie herum war alles steinig und felsig, und keine Vegetation war zu sehen, nur kahle Berggipfel. Das Wetter war grau und kühl. Das Auto, das sie gefahren hatte, war verschwunden. Der Junge fror. Er konnte sich nicht erklären, wie das Auto sie beide auf diesen Gipfel hatte fahren können. Es gab nicht einmal einen kleinen Weg, der zur Almhütte führte; nur steile und steinige Bergspitzen.

Der Junge ging auf die Toilette, während sich das Mädchen an einen Tisch setzte. Die Tische auf der Terrasse vor der Hütte waren alle leer. Überhaupt war kein Mensch auf der Hütte zu sehen, nicht einmal eine Bedienung, als wäre die Alm geschlossen. Die Hütte schien leer zu stehen, obwohl Türen und Fenster alle geöffnet waren. Sie hatte steinerne Mauern und ein hölzernes Dach, unter dem sich ein Balkon mit Geranien um die Fassade zog. Die langen Blütenstängel fielen bis zur Tür herab und schwankten im Wind. Auch das lange, rote Haar des Mädchens wurde von ihm zerzaust.

Auf der Toilette brauchte der blonde junge Mann länger. Er machte sich für das Mädchen seine Frisur zurecht, die durch den Wind in Unordnung gekommen war. Als ein Sonnenstrahl durchs Fenster auf sein blondes Haar fiel, wünschte er sich einen Kamm. Doch da war kein Kamm, der Sonnenstrahl verschwand wieder und das blonde Haar blieb widerspenstig.

Als der junge Mann wieder nach draußen ging, sah er voller Erstaunen, dass der Tisch mit dem Mädchen vier Meter über dem Boden stand und darum herum ebenso hohe Stühle aufgestellt waren. Auf einem von ihnen saß das Mädchen. Wie war sie dort hinaufgekommen?

„Ich komme zu dir!", rief der Junge. Er näherte sich einem der Stühle, nahm zwei der vier Stuhlbeine und kletterte daran hinauf bis zum Sitz. Dann saß er dem Mädchen endlich gegenüber, aber mit ihm saß ein anderer Junge auf dem riesigen Stuhl und küsste es.

Das Mädchen sah den jungen Mann daraufhin ausdruckslos an, zuckte mit den Schultern und sagte: „Das ist ja eine schöne Aussicht."

Der Junge sah neben sich hinunter und schaute in einen Abgrund.

Die Reise zum Vater

Der Junge konnte fliegen. Aber er hatte keine Flügel. Er musste nur die Arme ausstrecken und der Wind trug ihn. Er musste nur einen Gedanken fassen, sich vorstellen, wohin er wollte, und die Reise nahm ihren Lauf.

Er beschloss, zu seinem Vater zu fliegen. Schon bald flog er über einen Garten hinweg: ein gepflegter grüner Rasen, ein Rosenbeet, ein Beet mit Salat, Tomaten und Schnittlauch.

In diesem Garten saß ein Schäferhund. Der blickte mit dunklen Augen traurig zu dem Jungen hinauf, der etwa zehn Meter über ihn hinwegflog. Der Junge beachtete den Hund nicht und flog weiter.

Jetzt flog er über einen zweiten Garten, der war noch schöner als der erste: wieder ein gepflegter grüner Rasen, dann ein Rosenbeet, ein Narzissenbeet, ein Beet mit Salat, Tomaten und Schnittlauch, ein Apfelbäumchen, ein Kirschbaum, ein gepflasterter Gartenweg, ein kleiner Pool.

Vor dem Pool saß ein Hund, der war ganz schwarz. Er versuchte, zu dem Jungen hinaufzuspringen und bellte vor Freude. Er konnte den Jungen aber bei weitem nicht erreichen. Der Hund bewunderte den Jungen, weil er so hoch fliegen konnte. Der Junge war darauf auch nicht wenig stolz und flog weiter.

Schließlich flog er über einen dritten Garten, der war am allerschönsten: eine Wiese, übersät mit Gänseblümchen und Hahnenfuß. Am Rand des Gartens wuchsen Weiden und aus blühenden Johannisbeersträuchern und Flieder schossen Dickichte empor. Da gab es abermals ein Rosenbeet, aber auch ein Beet mit Salat, Tomaten und Schnittlauch, Karotten, Radieschen, Spinat und Kartoffeln sowie Himbeersträucher, Apfelbäume, Kirschbäume, Aprikosenbäume, Walnussbäume. Und zwischen alledem führte ein breiter asphaltierter Gartenweg zu einem großen Schwimmbecken hinauf.

In diesem Garten arbeitete ein kräftiger Rottweiler und ging aufrecht auf zwei Beinen. Der Hund rackerte sich mit Hacke und Spaten ab und wischte sich immer wieder den Schweiß von seiner haarigen Stirn.

„Ich bin dein Vater", rief der Rottweiler zu dem Jungen empor, „dreimal hast du mich nicht erkannt. Hier im Garten lasse ich alles für dich erblühen, und es blüht sogar alles zur gleichen Zeit – nur für dich."

Der Junge lachte. „Eigentlich solltest du überhaupt nichts sagen dürfen. Und auf zwei Beinen solltest du schon gar nicht gehen dürfen. Du bist nur ein Rottweiler!"

„Du blöder Hund!", rief der Rottweiler erbost. Sogleich beruhigte er sich aber wieder und sprach: „Entschuldigung, bitte verzeih. Ich denke oft an die Zeit zurück, als mein Vater hier lebte. Einst hat es hier einen Garten gegeben, darin blühten Kanonen, und Gewehre schossen wie Möhren aus der Erde. Die Zeiten sind besser geworden, nicht."

„Du blöder Hund!", lachte der fliegende Junge, den der Anblick des arbeitenden Rottweilers noch immer belustigte. Da brach der Hund vor Ärger und Erschöpfung tot zusammen.

Der Junge aber kreiste weiter über dem großen Schwimmbecken und fand Vergnügen daran. Das Wasser des Pools glitzerte in der Sonne wie falsche Diamanten.

Der alte Mann auf dem Guinigi-Turm

Der junge Mann ist mit der Freundin auf den Guinigi-Turm von Lucca gestiegen. Sie sitzen unter den alten Steineichen, die auf dem Turm wachsen und lassen den Blick über die Altstadt bis hin zur Stadtmauer schweifen. In der Ferne rahmen unzählige Hügel die Stadt ein.

„Diese Stadt ist unglaublich schön", sagt sie zu ihm und blickt empor zum blauen Septemberhimmel. Er schweigt und drückt sie an sich.

Mit dem Paar haben sich auch Touristen in dem kleinen Garten auf dem Turmdach eingefunden. Doch das Paar beachtet die Touristen nicht. Es will den schönen Moment allein für sich genießen.

„Ich habe", beginnt der junge Mann zu sprechen und wendet ihr das Gesicht zu, doch bevor er ergänzen kann „nie ein Mädchen so geliebt wie dich", tritt auf einmal ein alter Mann an das Paar heran. Der Mann ist kräftig, hat kleine dunkle Augen und ein hübsches Gesicht. Er trägt einen Strohhut mit einem roten Band aus feiner Seide und einer breiten Krempe.

Auf Italienisch sagt er zu dem jungen Paar: „Dieser Strohhut ist etwas ganz Besonderes. Er ist sehr alt." Sie hören dem Alten verwundert zu. „Derjenige, der ihn trägt, wird nie verlassen werden, wenn er ihn einmal hier auf dem Turm aufsetzt. Er wird immer mit seiner großen Liebe zusammen sein. Aber er muss den Hut von da an jeden Tag tragen, sonst verlässt ihn seine Liebe sofort."

Das junge Paar schweigt.

„Ist das etwa ein Scherz", fragt der junge Mann.

„Wollt ihr den Hut nicht haben?", fragt der Alte.

„Nein", antwortet das Mädchen, „selbst wenn er solche Zauberkräfte besitzt – wir sind sicher, dass wir uns lieben."

Da wendet sich der alte Mann schweigend ab und geht. Er steigt mit seinem Hut den Turm hinunter und verschwindet.

„Warum wollte er uns den Hut wohl überlassen, wenn er wirklich solche Kräfte hat?", fragt das Mädchen.

„Ich denke", sagt der junge Mann, „dass er eine Last für ihn geworden ist. Der Alte sah müde aus."

„Warum eine Last", fragt das Mädchen, aber der Junge antwortet nicht.

Noch eine Weile bleibt der junge Mann mit seiner Freundin auf dem Turm sitzen. Dabei küssen sie sich einige Male innig.

„Lass uns jetzt wieder vom Turm steigen", sagt sie schließlich.

Er aber blickt traurig zur Stadt hinunter, und plötzlich sagt er: „Nein, bitte … ich … bin mir nicht sicher, ob du mich wirklich liebst. Bitte, wenn du mich liebst, dann besorge mir den Hut."

„Das kann nicht dein Ernst sein!" Ihre Stimme klingt weinerlich, aber gleichzeitig lächelt sie schelmisch.

Doch er bleibt ganz ernst: „Geh bitte!", sagt er.

Da läuft sie endlich den Turm hinunter, über zweihundertdreißig Stufen, und sucht in der Stadt nach dem alten Mann. Viele Touristen sind ihr im Wege. Aus den Bars und Trödelläden erklingen lebhafte Gespräche. Auf einer Bank küsst sich ein junges Paar. Die junge Frau fühlt sich einsam.

Da entdeckt sie auf dem Platz im Amphitheater den Hut. Er liegt einfach so auf dem Boden. Der alte Mann ist verschwunden.

Im selben Moment jedoch erblickt sie einen hübschen jungen Mann, der sie auf Deutsch nach dem Weg fragt. Sie antwortet ihm, und da erzählt er ihr, dass er aus Süddeutschland stamme, aus einem kleinen Dorf. Und dass er hier, in Lucca, Italienisch lernen will. „Ich bin noch für vier Wochen hier", berichtet er.

„Für mich ist es leider der letzte Tag in Lucca", seufzt sie. „Wir waren nur eine Woche in den Ferien, mein Freund und ich."

„Kommen Sie, gehen wir was trinken", sagt der junge Mann, „Sie sehen traurig aus."

„Ich hatte Streit mit meinem Freund", gibt sie zu. Von dem Hut will sie nichts erzählen, das hätte sich albern angehört. Sie hat ihn in ihrer Tasche versteckt.

Sie gehen in eine Bar, um etwas zu trinken. Plötzlich küssen sie einander, ohne viel miteinander geredet zu haben.

„Du hast mir sofort gefallen, als ich dich vorhin zum ersten Mal gesehen habe", sagt er.

„Jetzt bin ich glücklich", sagt sie, „jedenfalls im Moment – aber nein! Ich muss zu meinem Freund zurück. Ich muss …"

Er sieht sie schweigend an, und sein glückliches Gesicht wird ernst und unbeweglich. Er scheint sich entschuldigen zu wollen, vielleicht dafür, dass sie sich geküsst haben, obwohl sie einen Freund hat. Aber er rührt sich nicht und blickt sie nur weiter an, ohne etwas zu sagen.

Bevor sie sich trennen, tauschen sie ihre Handynummern aus. Sie fühlt sich dem Unbekannten unglaublich nahe, obwohl sie ihn noch nie zuvor gesehen hat.

Unruhig kehrt sie am frühen Abend zurück zum Guinigi-Turm. Schon von unten sieht sie, dass ihr Freund inzwischen ganz nahe an den Rand des Gartens getreten ist und ein Bein über das niedrige Eisengeländer hängen lässt, als würde er einen Schritt in die Luft machen wollen. Traurig blickt er auf sie herunter, als wüsste er schon alles. Seinen Blick jedoch kann sie nicht erkennen, denn das helle Tageslicht blendet sie.

Die junge Frau tritt in den Eingangsbereich des Turms, in dem sich gar kein Personal mehr befindet. Sie steigt die Stufen des Turms hinauf und denkt an die hohe Stadtmauer. Dort gibt es einen Spazierweg, eine Promenade um die ganze Stadt herum, gesäumt von Alleen mit Bänken und kleinen Gartencafés. Sie findet diesen Spazierweg auf der Mauer romantisch, denn hier kann man die ganze Stadt überblicken und bis zu den Apenninen schauen. An einer Stelle hält sie in Gedanken inne, bei einem der Tore, die Eingang in die Stadt gewähren, im Norden – die Porta Santa Maria mit den roten Ziegeln an der Fassade. In Gedanken steht sie wieder dort auf dem Tor, wie kurz zuvor mit ihrem Freund. Aber in ihrer Vorstellung steht sie nun allein dort und blickt über die Stadt. Da sieht sie den jungen Deutschen, der sich hinter dem Toreingang nackt hinter einer Pinie versteckt und sie heranwinkt. Sie lacht auf – dann endlich ist sie am Ende der Treppe des Guinigi-Turms angekommen.

Oben geht sie auf ihren Freund zu und sagt: „Hier ist ...“

„Mein Gott!“, ruft er erregt. „Wie lange warst du unterwegs? Sie schließen bald den Turm und kein Mensch ist mehr hier! Ich habe die ganze Zeit auf dich gewartet. Das alles war doch nur ein Scherz!“

Da fängt sie an, zu weinen, nimmt den Hut aus ihrer Tasche hervor und setzt ihn ihrem Freund auf den Kopf.

Einen Monat später heiraten sie in Südtirol. Doch schon kurze Zeit später spürt die junge Frau, dass sie den jungen Mann aus Deutschland vermisst. Ihr Mann setzt sich seit dem Tag auf dem Guinigi-Turm nun jeden Tag den Hut auf den Kopf. Aber sie fühlt sich einsam.

Sie steht mit dem Hut in der Hand auf einer Brücke über der Isar. Sie hat ihn aus der Nachttischschublade ihres Mannes geklaut. Sie ist eben erst hier angekommen. Es ist ein früher Herbstmorgen, noch kühl, aber sonnig. Das Wasser unter ihren Füßen glitzert. Sie umklammert den Hut mit beiden Händen und sieht kurz wieder den Alten auf dem Turm vor sich. Dann lässt sie die Krempe los, und der Hut taumelt abwärts, dreht sich im Licht. Endlich berührt er die Wogen.

Doch keiner kommt.

Mariella oder das Spielzeugauto

Seit einigen Monaten lebte Moritz nun in der Großstadt, um zu studieren. Das erste Semester ging nach den Weihnachtsferien seinem Ende entgegen, und so langsam standen die ersten Prüfungen an. Er hatte sich für den Bachelor in Betriebswirtschaft eingeschrieben, aber wirkliches Interesse an dem Fach hatte er nicht. In fast allen Vorlesungen war ihm langweilig, und er musste sich stets zum Lernen zwingen.

Obwohl er ein hübscher junger Mann war, verbrachte er die meiste Zeit allein in seinem Einzelzimmer im Studentenhaus. Er mied Kontakte zu seinen Kommilitonen, und wenn ihn jemand ansprach, schwieg er oder nickte nur, was schweigend hingenommen wurde.

An den Wochenenden fuhr er nach Hause in die kleine Stadt, wo seine Mutter lebte. Sie arbeitete als Sekretärin in einer Textilfabrik und finanzierte so sein Studium mit – neben dem Stipendium, das er glücklicherweise erhalten hatte. Sein Vater war ein Jahr nach seiner Geburt bei einem Unwetter getötet worden; ein Blitz hatte ihn erschlagen.

Wenn Moritz nach Hause kam, unterhielt er sich mit seiner Mutter über Alltäglichkeiten, doch nicht selten kam es vor, dass sie sich gar nichts zu sagen hatten. Weil er das Schweigen dann nicht aushielt, verließ er seine Mutter meist schon am Sonntagvormittag, um zwei Stunden später mit dem Zug in seiner Studienstadt anzukommen. In solchen Zeiten fuhr er nur noch jedes zweite oder dritte Wochenende nach Hause. Dann telefonierte er manchmal mit seiner Mutter, um ihr zu versichern, dass es ihm gut ginge. Meist klang sie am Telefon gestresst, vielleicht wegen ihrer Arbeit, aber er sprach sie nie darauf an. Dennoch fühlte er sich danach traurig.

Seine Mutter hieß Keyra. Wenn sie sich während ihrer Begegnungen nichts zu sagen hatten, erzählte sie ihm manchmal davon, wie ihr Vater auf diesen Namen gekommen war: Als Moritz' Großmutter mit seiner Mutter hochschwanger gewesen war, hatte sie ihren Mann einmal losgeschickt, um im Supermarkt einkaufen zu gehen. Er vergaß aber den Wohnungsschlüssel.

Niemand wusste, welche Ängste die Großmutter in der Wohnung hatte ausstehen müssen, denn mit einem Mal hatten die Wehen eingesetzt, während sie allein gewesen war, und sie hatte sich nicht mehr vom Sofa rühren können. Dadurch war es ihr auch nicht möglich gewesen, in den Flur zum Telefon zu gehen. Vor Angst hatte sie laut geschrien, und wenig später hatte ihr Mann vor der Tür gestanden – erst jetzt war ihm der vergessene Schlüssel aufgefallen. Er hatte ihre Schreie gehört und mit den Fäusten gegen die Tür gehämmert, aber seine Frau konnte nicht öffnen. Er konnte auch nicht durch ein Fenster steigen, denn die Wohnung lag im fünften Stock. Glücklicherweise war bald der Hausmeister gekommen, der die verzweifelten Rufe des Großvaters im Treppenhaus gehört hatte und dem Großvater einen Ersatzschlüssel für die Wohnung geben konnte. Moritz' Großmutter war daraufhin unverzüglich ins Krankenhaus gebracht worden, wo sie ein gesundes Mädchen zur Welt brachte, seine Mutter. Dann aber war sie an den Folgen einer Fruchtwasserembolie verstorben.

Der Großvater hatte seine Tochter daraufhin Keyra genannt, wegen der Silbe key, was in Englisch Schlüssel bedeutet, weil er sich vor ihrer Geburt ausgesperrt hatte. Das fand Keyra seltsam, erzählte sie Moritz, denn normalerweise würden die Menschen schlimme Erlebnisse eher vergessen wollen, statt sich durch Namen daran zu erinnern.

Moritz' Mutter erzählte nie viel über ihre Kindheit. Sie erwähnte nur immer wieder, sie sei allein mit ihrem Vater aufgewachsen, und oft habe sie sich einsam gefühlt, weil er wegen seiner Arbeit als Kellner abends meist nicht zu Hause war. Zudem unternahm er in seiner Freizeit lange Spaziergänge, zu denen er Keyra nie mitnahm.

Vor einigen Jahren war Moritz' Großvater gestorben. Keyra hatte nach Dienstschluss eben die Fabrik verlassen. Es war ein lauer, schöner Spätsommerabend und die Sonne schien noch über die Gipfel der Bergkette vor der Fabrik. Auf dem Parkplatz begegnete Keyra ihrem Vater. Sein Gesicht war weiß wie eine Wand, und seine Augen blickten so ausdruckslos, als wäre er nicht mehr am Leben. Torkelnd kam er auf sie zu, jeder Schritt kostete ihn Kraft. Seine Augen waren immer hellblau gewesen, aber an diesem Abend waren sie dunkel, und in diesem Dunkel lag etwas Seltsames, als wäre diese Dunkelheit das Fenster in ein großes Nichts – in eine finstere, unermessliche Leere.

Er sah sie mit diesen dunklen Augen an und stotterte: „Ich … habe … dich … gesucht."

Jedes Wort fiel ihm schwer, denn er bekam fast keine Luft. Und dann stand sein Herz still.

Als er auf den Asphalt sank, spürte Keyra keinerlei Schrecken, sondern empfand Erleichterung über seine letzten Worte. Wie in einem Film erinnerte sie sich, dass sie als Kind oft in der Stadt nach ihm gesucht hatte, wenn er nach der Arbeit oder an freien Tagen länger auf seinen Spaziergängen ausgeblieben war. Sie hatte gewusst, dass er Mama immer vermisst hatte, und als kleines Mädchen hatte sie sich eine Zeitlang sogar gefragt, ob er sie nicht irgendwo im Himmel besuchen ging, ohne ihr etwas davon zu erzählen. Als sie älter war, hatte sie sich ernsthaft gefragt, wo er in der Stadt herumspazierte, aber er sagte es ihr nie, und wenn sie ihn suchte, fand sie ihn nie. Nur einmal hatte sie ihn am Grab der Mutter gesehen: Er hatte dagestanden und geweint. Als er sie gesehen hatte, war sie schnell weggelaufen, nach Hause, und hatte sich in ihr Zimmer eingeschlossen. Über diese Begegnung hatten sie später nie gesprochen, aber immer hatte sie Angst gehabt, er würde nicht mehr zu ihr zurückkehren von seinen Spaziergängen. Und immer, wenn er zurückgekommen war, hatte er traurig ausgesehen, hatte nicht mehr mit ihr gespielt oder ihr etwas vorgelesen, sondern nur still die Hausarbeit verrichtet.

Sie hatte nicht gewusst, dass er ein schwaches Herz gehabt hatte, und er hatte Kliniken und Ärzte stets gemieden. Doch an diesem Tag hatte er zu ihr gesagt, dass er sie gesucht habe. Als Mädchen war sie immer so zeitig nach Hause gekommen, dass er sie nie hatte suchen müssen. Als er nun sagte, er habe sie gesucht, bewegte sie das so, dass sie bewegungslos vor ihrem bewusstlosen Vater stehen blieb und erst nach einer halben Minute daran dachte, die Rettung anzurufen.

Im nächsten Moment wurde um sie herum alles dunkel, als hätte jemand das Tageslicht ausgeschaltet. Sie sah noch schemenhaft, wie ihr Handy zu Boden fiel, bevor sie aus ihrer Ohnmacht wieder im Krankenhaus erwachte.

In den Jahren darauf sprach sie nie viel über den Tod ihres Vaters. Sie hatte Moritz davon erzählt, wie es passiert war, und dabei hatte sie nicht geweint. Während des Erzählens hatte sie ein Gesicht gemacht, als wäre sie nicht wirklich da. Sie hatte Moritz nicht ein einziges Mal in die Augen gesehen, sondern nur immer aus dem Küchenfenster geblickt.

An einem lauen Januarabend beschloss Moritz, auf eine Studentenparty zu gehen. Das tat er sonst nie, und eigentlich zog es ihn nur deshalb dorthin, weil ein Mädchen namens Mariella aus seinem Studiengang auch dort sein wollte und sie ihn bedrängt hatte, zu kommen.

Die Studentenparty fand in einem Kellerclub nicht unweit des Studentenhauses statt, wo Moritz wohnte. Er musste nur ein paar Gassen durchqueren. Schließlich kam er in einen Hinterhof, der wie eine kleine Parkanlage wirkte, die allerdings lange nicht mehr gepflegt worden war. Birken standen im hohen Gras, und durch das Gras schlängelte sich ein schmaler Weg aus Steinplatten, von denen einige schief herausstanden, sodass Moritz achtgeben musste, nicht zu stolpern. Alles war leise und dunkel, nicht einmal eine Lampe oder Laterne brannte – nur eine schwache Leuchtröhre hing am Ende des Hofs an der Steinmauer eines alten Hauses, das offensichtlich leer stand und an dessen Mauern sich der Putz von den schmutzig-weißen Wänden löste. Das Neonlicht beleuchtete eine Kellertreppe, die in den Club hinunterführte.

„Willst du wirklich dorthin, Moritz?"

Erschrocken drehte er sich um. Hinter ihm saß Lennie, sein kleiner Bruder, im Schneidersitz auf der Wiese und hielt ein Spielzeugauto in den Händen. Moritz erkannte nur Lennies dunkle Silhouette.

Moritz sprach oft mit Lennie. Als Kinder hatten sie zusammen im Hinterhof ihres Wohnhauses mit Spielzeugautos gespielt. An Lennies sechstem Geburtstag hatte Lennie aus Versehen ein kleines Auto verschluckt, als Moritz gerade nach oben in die Wohnung gelaufen war. Moritz erinnert sich noch gut.

Mama ruft ungeduldig vom Wohnungsfenster in den Hof hinunter: „Moritz, Lennie! Kommt endlich hoch, es ist schon dunkel!"

Es ist ein warmer Spätsommerabend im September und schon finster – aber die Lampen im Hinterhof brennen, hüllen den Hinterhof in ein warmes Gelb. Moritz gehorcht der Mutter und läuft die Treppe ins zweite Stockwerk hoch. Obwohl er erst sieben ist, nimmt er zwei Stufen auf einmal. Ein Nachbar kommt ihm entgegen, ein älterer, kurzatmiger Herr, der sich am Geländer festhalten muss. Moritz weicht ihm aus.

Die Wohnungstür steht offen, er rauscht in die Küche. Dabei wird er kurz auf das hölzerne Jesuskreuz an der Küchenwand aufmerksam, und dann sieht er, wie seine Mutter sich an ihm vorbeidrängt und immer nach Lennie schreit. Das Küchenfenster steht offen. Sie hat aus dem Fenster in den Hof geblickt – und offenbar etwas Schreckliches gesehen.

Moritz denkt sogleich daran, dass Lennie nicht mit in die Wohnung wollte, dass er auf dem Platz im Hof bleiben und weiter auf den steinernen Platten mit Moritz Autorennen spielen wollte. Aber Mama hat nicht aufgehört, nach ihnen zu rufen, sodass er, Moritz, irgendwann allein in die Wohnung gelaufen ist, während Lennie stur auf den Platten sitzen blieb, ein Spielzeugauto in der Hand – oder im Mund?

Moritz weiß es nicht mehr. Er hat nichts gesehen, weil er sich von Lennie abgewandt hat. Wie angewurzelt steht er in der Küche und stellt sich sinnlose Fragen. Irgendwann dann bewegen seine Füße sich aufs Küchenfenster zu, von wo aus er in den Hof hinuntersehen kann. Er sieht Lennies Silhouette. Lennie liegt am Boden und zuckt wild. Die Silhouette seiner Mutter und einer Nachbarin stehen zwischen den Lampen. Der ältere Herr steht auch irgendwo. Obwohl der Hof nur etwa sechs Meter unter dem Fenster liegt, kommt es Moritz in der Erinnerung so vor, als wäre es sehr weit gewesen, zwölf Meter mindestens. Die Silhouetten erscheinen ihm weit weg, klein wie Spielzeugfiguren auf einem riesigen Spielbrett.

Die Silhouette seiner Mutter schüttelt die Silhouette von Lennie. Die Silhouette der Nachbarin ruft mit ihrem Handy die Rettung an. Moritz dreht sich weg vom Fenster. Er legt beide Hände vors Gesicht und sieht nichts mehr als Dunkelheit. So bleibt er stehen, bis er die Sirenen des Rettungswagens hört. Dann weint er.

Er dreht sich wieder zum Fenster, als seine Mutter aufschreit. Die Silhouetten der Sanitäter haben sich um Lennies Silhouette versammelt und versuchen, was sie können. In diesem Augenblick fährt Moritz ein schreckliches Gefühl in den Hals hoch, als wäre etwas aus dem Hinterhof zu ihm hochgesprungen – etwas Böses, Schmerzhaftes, Schlimmes – bis direkt in sein Herz. Er klettert auf das Fensterbrett, denn das Gefühl in seinem Herzen befiehlt es ihm. Und durch dieses Gefühl kann er nun Lennie hören, der nach ihm ruft: „Moritz! Moritz, komm zurück und hilf mir!"

Moritz kniet auf dem Fensterbrett, ohne hinunterzusehen. Es ist, als wäre der ganze Hinterhof ein riesengroßer, schwarzer Ozean. Moritz hat furchtbare Angst, von ihm verschluckt zu werden.

„Moritz!" Jetzt klingt Lennies Stimme wütend und voller Hass. „Du bist schuld, Moritz!"

Moritz zuckt zusammen. Er spürt kalten Schweiß an den Fingerspitzen, und sie beginnen wild zu zittern. Er legt sich seitlich aufs Fensterbrett und spürt die Geranien, deren Blüten ihm ins Gesicht fallen. Er fängt an, sich zusammenzukrümmen wie ein Fötus im Bauch der Mutter. Ihm ist, als würde er dadurch immer kleiner und er hofft, sich irgendwann aufzulösen – ein Wesen, das nicht wächst, sondern das immer kleiner wird, bis es verschwindet. Dann hört er die Nachbarin: „Schau nach Moritz!"

Kurz bevor er vor Panik keine Luft mehr bekommt und alles um ihn herum verschwimmt, sieht er das Gesicht seiner Mutter vor sich. Es lächelt ihn an, voller Liebe und Sorge.

„Du bist nicht schuld, Moritz!", sagt sie.

Später erwacht er aus einer Ohnmacht im Krankenhaus und erfährt, dass sein Bruder Lennie tot ist – erstickt an einem Spielzeugauto. Die Mutter erzählt es ihm gleich, weil er danach fragt, als sie weinend am Bettrand sitzt. Der Rettung ist es zwar noch gelungen, das Spielzeug wieder aus ihm herauszubekommen, aber da war Lennie bereits bewusstlos, und noch in derselben Nacht ist er in der Klinik gestorben.

An mehr konnte Moritz sich bis heute nicht erinnern. Er wusste nur noch, dass seine Mutter nach Lennies Tod eine Zeit lang darauf bestand, dass er bei ihr im Bett schlief. Aber immer verhielt sie sich sehr schweigsam und ließ Moritz kaum aus den Augen vor Sorge, bis er volljährig war.

Über den toten Lennie oder den toten Vater gar durfte Moritz nicht mit ihr reden. Sprach er sie darauf an, sagte sie mit eiserner Stimme: „Es ist besser, über schlimme Dinge zu schweigen, wenn man sonst nur weinen muss." Und dann schwieg er.

„Lennie, bist du da?", fragte er in Gedanken und stellte fest, dass die Silhouette auf der Wiese tatsächlich Lennie war, in seiner schwarzen Jacke, der kichernd vor ihm davonlief.

Jetzt meldete Lennie sich aber in seinem Kopf, und diesmal klang seine Stimme freundlich, denn manchmal verzieh Lennie ihm, und dann war er wieder lieb zu ihm: „Du schaffst das schon, Moritz. Geh zu Mariella! Ich bin bei dir. Denk nicht mehr daran, dass du schuld hattest!"

„Ja", flüsterte Moritz und ging über die Kellertreppe hinunter in den Club. Es war kurz nach Mitternacht.

Laute Bässe schlugen ihm entgegen, als er durch die Tür trat. Im Vorraum war eine Theke, hinter der ein Angestellter vor einem Regal mit alkoholischen Getränken stand, ein Student – sonst war der Vorraum leer. Die große Tanzfläche dahinter war schon voller Paare, und einige von ihnen kannte Moritz vom Sehen. Sie tanzten ausgelassen, während auf der Bühne irgendeine Band spielte. Ein Dunst aus Bier und Schweiß hing in der Luft.

Auf einmal kam Mariella auf ihn zu, langsam. Ihr langes, ungefärbtes blondes Haar war schön und üppig. Sie trug es

nun offen – normalerweise hatte sie es zu einem Pferde-
schwanz gebunden. In einem ärmellosen Abendkleid aus
blauer Seide trat sie ganz nah zu ihm heran und flüsterte ihm
ins Ohr: „Komm mit."

Mariella und Moritz verließen das Lokal, Hand in Hand.
Einen Augenblick glaubte Moritz, sich in einem schönen,
merkwürdigen Traum zu befinden. Die Dunkelheit der
Nacht verwandelte das Himmelblau von Mariellas Kleid in
ein Ultramarin. Sie spazierten durch die Stadt, gingen durch
einsame Straßen und Gassen. Sie führte ihn. Einmal kamen
sie vorbei an einer Gruppe betrunkener Studenten, die sich
gegenseitig stützen mussten. Einer von ihnen verbarg die
Augen hinter einer Sonnenbrille. Sein schulterlanges Haar
war zerzaust, sein Gürtel hing lose an seinen Hüften herab
und seine Jeans saß so tief, dass sie in den Kniekehlen hing.
Er rief etwas Unverständliches und Mariella kicherte.

Sie kamen zu einem älteren Gebäude, und Mariella
schloss eine schwere Flügeltür aus dunklem Holz auf und
führte ihn in einen großen, leeren Hof. Nur ein kräftiger
Baum mit tief herabhängenden Zweigen stand in der Mitte –
in der Dunkelheit konnte Moritz nicht erkennen, was für ein
Baum es war. Wolken schoben sich vor den Vollmond, und
ein lauer Wind wehte ihnen entgegen. Es hatte in diesem
Winter noch nicht geschneit. Die milde Luft erinnerte
Moritz an den lauen Spätsommerabend, an dem Lennie
erstickt war. Er zuckte zusammen.

Mariella spürte seine Unruhe und fragte: „Alles in Ordnung mit dir?"

Moritz antwortete nicht, aber sie wusste von ihren
Kommilitonen, dass er oft gar nichts erwiderte, wenn man

ihn etwas fragte. Alle hielten Moritz deshalb für merkwürdig, aber für sie hatte er etwas Geheimnisvolles, und geheimnisvolle Menschen hatten sie immer schon fasziniert. Sie drückte seine Hand fester, während sie neben ihm ging. Sie fühlte sich nicht mehr ganz so kalt an wie vorhin im Club, und ihre eigene Hand war warm. Mariella war sich sicher, dass sie Moritz Wärme schenken konnte. Sie wusste, dass er sich, wie alle Menschen, danach sehnte. Und dann würde er mit ihr sprechen, sich ihr öffnen. Ich werde das schaffen, dachte sie, denn sie war sehr in ihn verliebt. Vielleicht hat er vor etwas Angst. Aber sie war davon überzeugt, dass sie ihm helfen konnte, die Angst zu bewältigen.

Inzwischen standen sie eine kleine Weile nebeneinander mitten in dem Hof, der von den dunklen Mauern der Wohnhäuser gebildet wurde. In keinem der Fenster brannte Licht, es war halb ein Uhr nachts. Am Ende des dunklen Hofs stand eine alte Bank.

„Komm mit mir in die Wohnung", flüsterte sie ihm ins Ohr.

In diesem Moment bemerkte Moritz, dass sie betrunken war, denn er roch das Bier in ihrem Atem hier draußen deutlicher als im Club. Er hatte sich seine erste gemeinsame Nacht mit Mariella anders vorgestellt und dachte: Will sie mich zum Narren halten? Er ballte eine Hand zur Faust, biss sich aber gleichzeitig auf die Lippen und schwieg.

„Möchtest du was trinken?", fragte sie wenig später.

Es war eine hübsche kleine Wohnung, in der sie zusammen am Küchentisch saßen. Mariella lebte hier ganz allein, erzählte sie, denn die Miete sei bescheiden und ihre Eltern würden die Kosten übernehmen. Der Boden der Küche war aus Kork, und über dem Küchentisch an der Wand hing ein hölzernes Kruzifix.

„Das Leben ist ein Kreis", flüsterte Moritz.

„Was?", fragte Mariella verblüfft. Als er nichts antwortete und stattdessen den Blick senkte, fragte sie: „Möchtest du eine Dose Bier?"

Er bejahte, obwohl er Bier abscheulich fand. Aber sie mochte Bier, und nur das war momentan wichtig. Er hatte seinen Ärger weggewischt, denn sie wirkte nicht betrunken, als er sie nun ansah, und er hoffte, dass sie es ernst mit ihm meinte.

Während des ganzen Weges hierher hatten sie kein Wort miteinander gesprochen. Er wusste nicht, wie er ihr Beisammensein deuten sollte, aber Hand in Hand wie ein Liebespaar mit ihr durch die Stadt zu spazieren, war ein großartiges Gefühl gewesen.

Im warmen Küchenlicht war Mariellas Kleid nun wieder himmelblau und betonte ihre schmale Figur. Eine billige Stehlampe erhellte die Küche, daneben stand ein Telefon auf einem Beistelltischchen. Auf einem Regal über dem Herd standen Töpfe, Pfannen, Teller und Gläser. Moritz saß Mariella gegenüber auf einem Bauernstuhl aus Kieferholz mit eingeritztem Herz in der Lehne. Das Fenster stand offen und kühle Luft strömte herein. Es war ein breites, hohes Fenster; die Küche hingegen war klein.

Moritz trank schweigend Bier aus der Dose, ohne auf die Sorte zu achten. Mariella zündete sich eine Zigarette an. Moritz' Mund fühlte sich trotz des Biers trocken an.

Sie sah ihn an, ihre dunklen Augen fixierten ihn.

„Du bist ein hübscher junger Mann, Moritz. Mir gefällt dein dichtes, pechschwarzes Haar. Es ist etwas Dunkles an dir." Ihre Stimme klang hoch und unsicher.

Er hasste diese Oberflächlichkeiten plötzlich. Er war hübsch, sie war hübsch. Hatte er nur dadurch ihre Liebe verdient?

Sie blickte ihn lange an und wirkte wie weggetreten. „Gehen wir ins Schlafzimmer, Moritz."

Er zwang sich, noch einen Schluck zu trinken, um der Antwort auszuweichen. Während er schluckte, fiel ihm ein, was er wirklich von ihr wollte. Dann sagte er: „Mariella, bevor wir ins Bett gehen, solltest du wissen, das Leben ist ein Kreis."

Verwirrt starrte sie ihn an. Er reichte ihr ein Spielzeugauto, das er aus seiner Jackentasche nahm. Seine andere Hand ballte sich unter dem Tisch zu einer Faust.

„Komm mit mir runter in den Hof."

Wenig später saßen sie auf der Bank im Hof und hielten beide ein Spielzeugauto in der Hand. Sie blickte amüsiert das Auto an.

„Das ist nicht dein Ernst, oder?"

„Doch", sagte er bestimmt.

Sie fingen an, zu spielen. Sie krochen auf allen Vieren über die kalten, steinernen Platten des Hofs und fuhren mit den Spielzeugautos ein Rennen gegeneinander, bis hin zum anderen Ende des Hofs, wo das geschlossene Tor mit den hölzernen Flügeltüren war.

Dabei hörte Moritz Lennies Stimme: „Ich gewinne, Moritz, ich gewinne!"

„Nein, du gewinnst nicht!", rief er laut.

„Doch, ich gewinne!", rief Mariella.

Schließlich konnte Moritz Mariella aber locker besiegen, als sie sich vor Lachen krümmte und zu Boden sank. Er, Moritz, hatte auch meist gegen Lennie gewonnen. Auch an dessen sechstem Geburtstag.

„Du bist witzig!", schrie Mariella, noch immer am Boden liegend, „du bist irre witzig!" Sie lachte immer lauter, fast hysterisch.

Er ballte wieder die Hände zu Fäusten.

„Ich hab gewonnen", rief er, „aber ich bin traurig."

Sie stand auf, kam auf ihn zu, setzte sich neben ihn vor das Tor und lehnte sich daran. Er schloss die Augen, presste den Rücken gegen das Tor und lauschte auf seinen Herzschlag. Eine Zeit lang sagten beide nichts, und Moritz spürte, wie durch die Stille zwischen ihnen seine Wut nachließ. Er legte den Kopf in den Nacken, hielt die Augen geschlossen und wartete, dass das Zittern in seinem Inneren wich. Sein Herz schlug immer noch zu schnell, viel zu schnell. Moritz war immer noch traurig. Es war ihm immer noch nicht möglich, seine Trauer zu vergessen.

Plötzlich sagte Mariella: „Ach, jetzt komm! Lass uns raufgehen in mein Schlafzimmer, Moritz. Ich will mit dir zusammen sein. Vom heutigen Tag an sollen wir zusammen sein!"

Den letzten Satz betonte sie so deutlich und sprach so laut, dass er nicht sicher war, ob sie ihn nicht doch zum Narren halten wollte. Er ärgerte sich.

„Hast du nicht gehört? Ich bin traurig", sagte er und seufzte.

„Vielleicht heitert dich das auf", rief sie und klopfte ihm auf die Schulter. Dann nahm sie das Spielzeugauto in den Mund und spitzte ihre Lippen zu einem Kuss.

Er fühlte, wie seine Lippen auf die ihren zuschossen, sich sein Mund auf ihren presste. Wie seine Zunge herausfuhr und ihre Lippen auseinanderzwang. Seine Zunge fuhr wie wild in ihren Mund und stieß das Spielzeugauto in ihren Hals. Sie konnte das Auto nicht mehr aufhalten, als es ihre Luftröhre verschloss.

„Mo ... Mo ... ritz!"

Sie keuchte, röchelte, klammerte sich an ihn, aber er stieß sie so heftig von sich, dass ihr Kopf gegen das Holztor knallte. Sie lag da, zuckte am ganzen Körper und konnte nicht aufstehen oder sprechen. Sie begann, unverständlich zu lallen, und ihr Gesicht war dem Tor zugewandt, unter dem durch einen Spalt weißes Licht hindurchdrang, denn draußen lag ein erleuchteter Parkplatz mit vielen Autos.

Moritz stürmte durch die offene Tür des Wohnhauses in die Wohnung, nahm mehrere Stufen auf einmal. Einmal berührte er das Treppengeländer und schreckte dabei vor etwas zurück. Oben im dritten Stock fand er im Blumentopf an der Wohnungstür den Ersatzschlüssel. Das Leben ist ein Kreis, dachte er.

Seine Gedanken schwebten zusammenhanglos in einem großen, dunklen Raum – in einem Zimmer, das so finster, einsam und still war wie der Innenhof. Irgendwo in einer Ecke des Innenhofs machte sich hüfthohes, trockengelbes Gras breit. Und irgendwo darin lag eine Statue aus Sandstein, die einen nackten jungen Mann darstellte – so schmächtig und kindlich und trotzig, dass es ein kleiner Junge hätte sein können.

Moritz geht in die Küche, öffnet das Fenster und blickt hinab. Unten im Innenhof kann er eine dunkle Silhouette im Mondlicht sehen, die sich zuckend hin und her bewegt. Niemand hilft der Silhouette, niemand – außer Moritz.

Moritz hat den Notruf alarmiert. Sie haben Mariella gerettet, und Moritz hat ausgesagt, dass alles ein unglückliches Versehen gewesen ist.

„Mariella hat das Auto in den Mund genommen, und plötzlich hat sie es verschluckt. Aus Versehen, wahrscheinlich. Ich war auch angetrunken. Alles ging viel zu schnell."

Als er Mariella im Krankenhaus besucht hat, hat sie ihm geglaubt und ihn geküsst.

„Ich bin in dich verliebt, Moritz", hat sie gesagt.

Moritz glaubt, dass sie sich an ihren ersten Kuss wohl kaum erinnern kann – wahrscheinlich ist sie doch zu betrunken gewesen.

Was fehlt eigentlich

Ich sollte meiner Mutter helfen, die Geranienstöcke, die sie zurückgeschnitten hatte, in den Keller zu tragen. Eigentlich hatte ich spazieren gehen wollen. Gerade war ich im Begriff, mich auf dem kleinen Parkplatz vor der Kellertreppe von meiner Mutter zu verabschieden, da band sie mir, bevor ich aufbrechen konnte, eine blaue Arbeitsschürze um und sagte: „Trage bitte die Geranienstöcke in den Keller. Es ist Herbst geworden."

Ich nahm den ersten Geranienstock aus dem Garten, ging damit in den Keller und stellte ihn auf den Boden, wie meine Mutter es mir gesagt hatte. Der kleine Kellerraum war voller Gerümpel: Schulsachen und Kleider, die einsam und nicht mehr gebraucht dort in Kartons herumlagen, auch Fotoalben.

Meine Aufgabe sei es nur, die Geranienstöcke in den Keller zu bringen, hatte meine Mutter gesagt. Sie selbst würde sie dann später ins oberste Regal stellen. Alle anderen Fächer waren schon voller Kartons mit Dingen.

Als die Geranienstöcke schließlich nebeneinander im Keller auf dem Boden standen, wollte ich mir die Schürze abnehmen, um endlich spazieren zu gehen. Ich verließ also den Keller und ging hinauf zu dem kleinen Parkplatz.

„Du darfst noch nicht gehen", sagte meine Mutter, die dort neben meinem roten Peugeot wartete und still auf das Haus blickte. Ich war verärgert. Schließlich ist es nicht gerade angenehm, wenn eine Mutter einem Sechsundzwanzigjährigen solche Vorschriften macht – vor allem dann nicht, wenn es sich um einen harmlosen Spaziergang auf den Berg handelt.

„Mein Gott", sagte ich und richtete den Blick hinauf zum strahlend blauen Herbsthimmel, „ich bin ja bald wieder bei dir im Tal, im Dorf, im Haus."

„Du musst aber noch die Biotonne auf die Straße stellen", sagte sie. „Morgen kommt die Müllabfuhr."

„Ach so", sagte ich leiser, „ja, sicher … natürlich, der Müll."

Nachdem ich die Mülltonne hinausgestellt hatte, fragte ich: „Wo ist eigentlich Papa."

Ich hatte ihn seit meiner Abreise vor drei Jahren nicht mehr gesehen. Erst heute Mittag war ich zurückgekehrt von meinem BWL-Studium.

Jetzt sah meine Mutter mich verärgert an.

„Weißt du denn nicht selbst, wo Papa ist", fragte sie gereizt.

„Nein. Wo?

„Er ist – mein Gott! Ich weiß es auch nicht mehr!"

Nun schwieg sie auf einmal. Sie sah mich an, als würde sie durch mich hindurchsehen. Ich hatte sie lange nicht mehr so traurig gesehen und erschrak. Sie verabschiedete sich nicht einmal und sagte nur: „Ich gehe jetzt in den Garten und arbeite dort allein weiter." Dann lächelte sie und ging. Hinter mir hörte ich das Gartentor zufallen – Mutters Garten grenzte direkt an den kleinen Parkplatz mit meinem roten Peugeot.

Es war ein schöner Spaziergang, an einem sonnigen Nachmittag. Ich stieg auf einem Wanderweg den Berg hinauf, der hinter unserem Haus aufragt, und als ich ein Stück weiter oben im Wald angekommen war, setzte ich mich auf einen Felsen und blickte hinunter ins Tal. Ich sah den Fluss, der sich wie eine silberne Kette durch das Tal schlängelt, und an ihm entlang die Häuserreihe, und in der Häuserreihe das kleine, weiße Haus meiner Mutter.

Ich war eine Weile fort gewesen, um zu studieren. In den ganzen drei Jahren war ich nicht ein einziges Mal zurückgekehrt in unser kleines Dorf. Ich hatte nie daran gedacht, zurückzukommen, selbst an Feiertagen nicht, denn ich hatte in der Ferne Freunde gewonnen. Jetzt hatte ich das Gefühl, das Haus sei noch ruhiger geworden als früher. Und dass Mama, ihr Leben lang eine einfache Hausfrau an der Seite meines Vaters, viel weniger redete und nachdenklicher wirkte. Sie trug eine Kette aus silbernen Perlen, die ich zuvor nie an ihr gesehen hatte. Sie musste sie von Papa geschenkt bekommen haben. Mein Vater war zum Bürgermeister gewählt worden und verdiente jetzt viel Geld.

Ich blickte wieder auf unser Haus und mir fiel auf, dass ich gar nicht so genau wusste, ob ich auch wirklich alle sieben Geranienstöcke in den Keller getragen hatte.

Dann sah ich wieder auf den Fluss und verspürte plötzlich einen ungeheuren Durst. Eine Weile lang suchte ich nach einer Quelle, und nachdem ich endlich einen kleinen Bergbach gefunden hatte, bildeten meine Hände eine Schale und führten das Wasser an meinen Mund. Es fühlte sich kalt und frisch an, und ich fühlte mich lebendiger.

Da klingelte mein Handy.

Es war mein Vater. „Mein Gott", rief er, „du musst sofort kommen! Deine Mutter … Da ist irgendwas passiert. Eine Nachbarin ist bei ihr und hat mich gerade angerufen. Die Rettung steht schon vor dem Haus. Bitte, komm direkt ins Krankenhaus. Die Rettung wird deine Mutter dorthin bringen."

„Ich komme sofort!", rief ich, legte auf und stürmte den Berg hinunter, so schnell ich konnte, bis ich endlich vor dem Haus meiner Mutter stand. Sie war nicht mehr da; das Haus war also leer. Aus der Ferne sah ich, wie die Sonne unterging. Es war, als würde der Berg die Sonne verschlucken. Bei diesem Gedanken wurde mir übel.

Vor der Haustür lag ein zerbrochenes Bild unserer Familie aus den Zeiten vor meinem Studium. Die Haustür stand offen. Wie unvorsichtig von ihr, dachte ich. Als ich die Haustür schloss, strömte mir aus dem Innern des Hauses ein seltsames Gefühl entgegen. Es fühlte sich kalt an und traurig, aber ich schüttelte es ab.

Dann setzte ich mich in meinen roten Peugeot und fuhr los.

Als ich ins Krankenhaus kam und mich nach Mama erkundigte, sagte die Dame am Empfang: „Vierter Stock, dort weiter fragen." Ich nahm den Lift.

Als ich ausstieg, kam mein Vater mir auf dem Flur entgegen.

„Du … du …", stotterte er. „Ich …"

„Was ist mit ihr", fragte ich. Plötzlich spürte ich wieder diesen entsetzlichen Durst.

„Sie hatte einen Zusammenbruch", antwortete er.

Wir standen auf dem Flur, und ein paar Krankenschwestern gingen vorbei. Seine graumelierten dunklen Haare, die ich noch in Erinnerung hatte, waren ihm ausgefallen, und sein Gesicht war eingefallen. Aber er trug einen schönen sauberen Anzug mit einer roten Krawatte und schwarzlackierte Schuhe. Ich hatte mich nie getraut, einen Anzug zu tragen – aus Angst, für überheblich und selbstgefällig gehalten zu werden. Doch mein Vater wirkte in seinem Anzug erfolgreich.

Wir standen uns zum ersten Mal nach fast drei Jahren gegenüber. Ich hatte mir mein Studium durch Gelegenheitsarbeiten selbst finanzieren müssen und zu meinen Eltern nur per Telefon und E-Mail Kontakt gehalten. Da lernst du es auf die harte Tour, hatte Papa damals gesagt, selbst ist der Mann, der erfolgreich werden will.

„Sie können es sich noch nicht erklären", sagte er jetzt. „Ich meine, sie untersuchen sie gerade. Ich bin auch eben erst gekommen, und eine Schwester hat mir erzählt, was ich dir jetzt erzählt habe. Ich habe sie noch gar nicht gesehen. Hoffentlich müssen wir nicht zu lange warten, bis wir zu ihr können."

Wir gingen in einen kleinen Wartesaal, setzten uns auf zwei Stühle und schwiegen. Zwischendurch lief ich immer wieder auf die Toilette, um Wasser zu trinken. Mein Durst schien unstillbar.

Endlich sagte mein Vater: „Sie hat das auch immer gemacht, als sie mit dir schwanger war. Sie musste dauernd Wasser trinken. Ihr Durst war unstillbar."

Als ich ihn ansah, senkte er den Blick, als schäme er sich für irgendetwas. Ich bewunderte ihn jedoch. In den letzten

Jahren hatte er sich vom Gemeindesekretär zum Bürgermeister des Dorfes emporgearbeitet. Dafür gebührte ihm Anerkennung, dachte ich.

Eine Stunde später war es schon dunkel, früher Abend. Ein Arzt kam auf uns zu, deutete hinter sich den Flur hinunter und sagte: „Sie liegt in diesem Zimmer, Nummer 411. Sie fühlt sich einsam, hat sie gesagt."

„Dürfen wir zu ihr", fragte der Bürgermeister.

„Und was fehlt eigentlich", fragte der Student.

Enge

„Ich sehe mich nur mal um", sagte der junge Mann im Be-
kleidungsgeschäft. Er wollte ein T-Shirt oder kurze Hosen
für den Sommer kaufen. Auf jeden Fall sollte es etwas Unauffälliges sein, dachte er. Doch er fand nichts Passendes,
weil ihm nichts Unauffälliges gefiel. Die einfarbigen kurzen
Hosen und T-Shirts waren ihm zu schlicht, und alles andere,
das mit Mustern und Aufdrucken, war ihm zu schrill.

Er verließ das Geschäft und ging über die Straße in den
Supermarkt, wo er seit kurzer Zeit arbeitete. Er hatte studiert, aber keine Arbeit gefunden, die zu seiner Ausbildung
gepasst hätte. Vielleicht haben mir einfach die Beziehungen
gefehlt, dachte er. Auf jeden Fall fehlte es ihm an innerer
Zufriedenheit und Glück. Er war unzufrieden mit seinem
Leben.

Während er darüber nachdachte, befüllte er ein Regal mit
Konserven. Plötzlich rutschte ihm eine Dose aus der Hand
und knallte herunter. Erschrocken fuhr er zusammen und
blickte auf den Boden – dunkelrotes Linoleum. Als er nach
der Dose griff, wurde sein Blick wie magisch von dem roten
Linoleum angezogen und verlor sich darin, und mit einem
Mal stand er im Haus seiner Eltern, obwohl es Hunderte
Kilometer weit weg war und er inzwischen in einer kleinen
Mietwohnung über dem Supermarkt lebte.

Er stand in der Küche seiner Eltern und war gerade dabei,
den Tisch abzuräumen, nachdem er mit seinen Eltern zu
Mittag gegessen hatte. Seine Mutter sah ihn liebevoll an,
während er das Geschirr in die Spülmaschine räumte, und

sagte: „Du bist ein braver Junge. Das bist du immer gewesen."

Sie kämpfte schon lange gegen ihre Leukämie, und er dachte, dass er sich weiter um sie hätte kümmern müssen. Er war doch ihr einziges Kind.

Dann hörte er seinen Vater, der am Küchentisch der Mutter gegenübersaß und sprach: „Aber es geht deiner Mutter durch die neue Therapie jetzt doch nicht so schlecht. Und ich kümmere mich ja um sie. Du musst schließlich irgendwann dein eigenes Leben führen, mein Sohn."

„Wirklich?"

„Ja, mein Sohn, du hast dich lange genug um sie gekümmert, als sie zum ersten Mal diesen verdammten Krebs bekam. Ihretwegen bist du zu Hause geblieben, statt in die Ferne zu ziehen, wie du es eigentlich vorgehabt hattest."

„In der Ferne lauern Gefahren", warnte die Mutter. „Lass den Jungen lieber hier bei uns. In der Ferne ist es auch nicht besser."

Sie ergriff seinen Unterarm, und ihre Hand fühlte sich kalt an, als sie nun weitersprach: „Junge, du bist viel zu sensibel und zu zart für die Welt da draußen."

„Nein!", rief der Vater dazwischen.

Der Sohn wollte endlich die Teller in die Spülmaschine räumen, die er immer noch in der Hand hielt, aber nun war ihm, als könne er sich nicht mehr rühren. Die Teller wurden immer schwerer, und auf einmal ließ er sie fallen.

Der Vater bekam dunkle Augen, als er auf die Scherben blickte. Eindringlich betrachtete er seinen Sohn und sagte mit einem tiefen, rauen Unterton in der Stimme: „Ich zeige dir jetzt, was geschehen wäre, wenn du hier bei uns geblieben wärst."

Mit diesen Worten reichte er ihm einen kleinen Korb voll mit schimmeligem und steinhartem Brot.

Die Mutter sagte mit blassem Gesicht in einem lauten und bestimmenden Ton: „Behalte dieses Brot und komm mit mir!"

Der Junge hielt den Brotkorb fest und merkte auf einmal, dass er sich immer weiter mit hartem Brot füllte – bis über den Rand hinweg, sodass er seinen Arm um den Korb legen und eine Seite des Korbes an seine Brust pressen musste, damit das Brot nicht zu Boden fiel.

„Ja, halt es fest!", befahl die Mutter und begann zu weinen. Der Korb wurde immer schwerer und lag bald wie ein großer Stein in seinen Armen.

Da packte die Mutter ihn am Oberarm und zog ihn mit sich. Immer noch war der Korb schwer wie ein Stein, aber die Menge des schimmeligen Brotes blieb nun dieselbe und das Brot drohte auch nicht mehr aus dem Korb zu fallen.

Er verließ hinter seiner Mutter das Haus. Sie führte ihn eine dicht befahrene Straße entlang, die vor dem Haus verlief. Sie gingen hintereinander auf dem Gehweg, die Mutter voran, der Sohn hinterher. Sie trug einen grauen Wollpullover und einen alten Kittel mit einer schmutzigen Arbeitsschürze. Als Köchin war sie immer eine arbeitsame Frau gewesen, und nur durch ihre Unterstützung hatte er studieren können. Sein Vater hatte als Lehrer gearbeitet und nicht viel Geld verdient.

Der junge Mann ging immer weiter hinter der Mutter her. Er blickte zum Himmel und stellte fest, dass er blau glänzte – nicht eine Wolke trübte ihn, obgleich er sich unter ihm wie gefangen fühlte, was gar nicht zu dem schönen Wetter zu passen schien. Eine warme Sonne strahlte herab, und er stellte sich die Sonne als riesengroße Glühbirne vor.

Sie folgten immer weiter der Straße, auf der sich der Verkehr bald staute. An ihrem Rand und auf den Wiesen ringsum wuchsen schöne schmale weiße Birken, die bis in den Himmel zu ragen schienen, so hoch waren sie. Und als sie das Dorf schließlich verließen, sah er keine Häuser mehr am Straßenrand, nur noch Birken – ja, sogar die Berge waren im Hintergrund verschwunden, und eine schier endlose Wiese erstreckte sich zu beiden Seiten, die in der Ferne am blauen Horizont verdämmerte.

Dann, ganz plötzlich, keuchte die Mutter und hustete. Sie blieb stehen, und er stand hinter ihr, den Brotkorb in den Armen. Sie atmete tief durch und ihr weißes Haar, das sie zu einem Knäuel gebunden trug, war schweißnass.

„Mama", fragte er, „ist alles in Ordnung mit dir."

„Mir geht es gut", antwortete sie, doch ihre Stimme klang traurig. „Halte nur weiter das Brot fest. Ich möchte, dass du diesen Korb ganz festhältst und nie loslässt – egal, was geschieht."

„Ja, Mama, ich verstehe."

Sie blickte auf die Straße, und in diesem Moment geschah etwas Merkwürdiges.

Ein kleiner, blutroter Lancia fuhr an die beiden heran. Er wurde gesteuert von einem mageren alten Mann, der nackt war. Unvermittelt stieß er die Tür neben dem Beifahrersitz auf und zerrte die Mutter zu sich ins Auto.

Die Mutter schrie: „Folge mir, mein Junge!"

Daraufhin öffnet er die Hecktür und sprang auf die Rückbank, und im nächsten Augenblick knallten auch schon die Türen zu.

Der alte Mann fuhr aber nicht los. Bewegungslos saß er da. Auch die Mutter saß nur da, und der Junge sah, wie ihre Augen weit geöffnet ins Leere blickten, als wäre sie gar nicht mehr da. Autos hinter ihnen begannen zu hupen. Immer noch hielt der junge Mann den Brotkorb fest und konnte sich nicht mehr von der Stelle bewegen. Langsam schob sich nun der Fahrersitz zurück, sodass er immer enger saß, und gleichzeitig bewegte sich die Rückbank nach vorn. Er hielt sein Gesicht aus der offenen Fensterscheibe. Ihn verlangte nach Sauerstoff, denn er hatte das Gefühl, nicht mehr genug Luft zu bekommen. Rücksitz und Vordersitz schoben sich immer enger zusammen, legten sich um ihn wie Matratze und Bettdecke, aber er konnte diesem Bett einfach nicht entrinnen. Als sich jetzt alle Fensterscheiben zu schließen begannen, schrie er. Dabei ließ er den Brotkorb fallen.

Sogleich warf ein gewaltiger Stoß ihn hoch in die Luft.

Dann stand er draußen vor dem Auto. Doch seine Mutter war noch darin: Eingequetscht saß sie nun an der Stelle, wo er selbst gesessen hatte und drohte von den Sitzen zerquetscht zu werden. Der alte Mann war verschwunden.

Hinter dem roten Lancia hatten sich inzwischen viele Autos gestaut. Sie begannen zu hupen, und hinter den Scheiben sah er die Schatten von Menschen. Manche von ihnen gestikulierten, doch keiner stieg aus.

Die Mutter schrie um Hilfe, aber er konnte ihr nicht helfen. Anstelle des Brotkorbs hielt er eine große Konservendose in der Hand.

Da stand er wieder im Supermarkt vor dem Regal und befüllte es weiter mit den Konservendosen. Kunden gingen eilig hinter seinem Rücken vorüber, beschäftigt mit ihren Einkäufen. Er fühlte sich müde und erschöpft, zwang sich aber, genau zu arbeiten und die Dosen akkurat in das Regal zu sortieren, die Etiketten genau nach vorn und alle Abstände gleichmäßig.

Als er nach Feierabend hinaufgehen wollte in seine Wohnung, rief sein Vater ihn an.

„Kommst du nach Hause? Deiner Mutter geht es nicht gut."

„Ich kann doch wieder gehen, wenn es ihr wieder besser geht", fragte er unsicher.

„Ja, natürlich. Ich glaube, es ist die richtige Entscheidung für dich, wenn du dann wieder gehst. Du musst ja dein Leben führen, mein Sohn. Ich selbst komme hier kaum zu Atem."

Er legte auf, und während er in seiner Wohnung die kleine Reisetasche packte, dachte er an nichts als an die Konservendosen, wie sie vor ihm im Regal standen, saubere Reihen, die Beschriftung nach vorn ausgerichtet.

Die alte Frau Vergangenheit

An einem kühlen Morgen im Oktober öffnete sich das Gartentor und herein trat eine alte Frau, die direkt auf den jungen Mann zukam. Der Herbstwind zerzauste ihr langes schwarzes Haar, und an ihren Armen klirrten Armbänder. Dazu trug sie ein Kleid, das aus allerlei bunten Stoffen zusammengeflickt war.

„Verzeihung!", rief sie und legte ihre Hände zusammen, als wolle sie beten. Sie blieb in ein paar Metern Entfernung vor ihm stehen und blickte ihn aus schwarzen Augen eindringlich an. Dann streckte sie ihre rechte Hand aus, die klein und zart war und an der die Adern auf dem Handrücken hervortraten. Sie mochte etwa siebzig Jahre alt sein, hatte aber immer noch tiefschwarzes Haar.

„Sie wollen betteln", fragte der junge Mann zornig. „Gehen Sie, aber sofort!"

„Ich kann Ihnen …", fing die Frau an und hielt weiter ihre Hände vor sich ausgestreckt.

„… die Zukunft vorhersagen?", unterbrach sie der Mann. „Oh, bitte! Ich rufe jetzt die Polizei. Damit haben Sie wohl nicht gerechnet? Aber wenn du wirklich in die Zukunft sehen könntest, hättest du vorher wissen können, wer auf deine Tricks hereinfällt und wer nicht!"

Er drehte sich um und wollte schon zurück ins Haus gehen, da rief die Frau: „Deine Vergangenheit!"

Er blieb stehen und wandte sich langsam wieder um; dabei legte er die Hand an sein Ohr und fragte: „Wie bitte?"

„Es ist nicht deine Zukunft, die ich kenne, sondern deine Vergangenheit."

Sie kam ein paar Schritte auf ihn zu und blieb dann etwa zwei Meter vor ihm stehen. Er schluckte schwer und sagte nichts mehr.

„Ich kenne die Geschichte", sagte die Frau, „und ich bin keine Zigeunerin."

Erst jetzt bemerkte er, dass sie akzentfreies Deutsch sprach und eigentlich auch gar nicht südländisch wirkte – bis auf ihr schwarzes Haar. Ihr Gesicht war hell wie sein eigenes. „Deine Mutter war eine schöne Frau, oder", sprach sie. „Dein Vater hat sie geliebt. Ihr habt alle zusammen in einem kleinen Gasthaus gearbeitet: dein Vater als Chef, deine Mutter als Kellnerin und du als Koch."

„Woher wissen Sie das?"

„Du weißt es noch sehr gut", fuhr die Alte fort, „wie dein Vater eines Tages nach Hause gekommen ist. Er war verschwitzt und müde. Du hast vor dem Fernseher gesessen. Er ist auf dich zugekommen, und du konntest dich nicht mehr auf das Nachrichtenmagazin konzentrieren. Eigentlich wolltest du dich nur entspannen nach der langen Arbeit. Es war schon fast Mitternacht. Deine Mutter war noch im Gasthaus und hat mit der Putzfrau alles sauber gemacht. Dein Vater hat sich zu dir ans andere Ende des Sofas gesetzt, und ihr seid ins Gespräch gekommen."

„Das sind wir nicht", sagte der junge Mann. „Ich habe nichts gesagt!"

„Stimmt", sagte sie. „Du hast nichts gesagt. Aber dein Vater hat gesagt, dass du ihm gefallen würdest, und …"

Der Blick des jungen Mannes wanderte ziellos umher. Die Alte hielt inne. Draußen auf der Straße ging eine Mutter mit einem kleinen Jungen vorbei, der fragte, ob er heute

Abend länger aufbleiben dürfe, denn im Fernsehen laufe eine tolle Sendung. Seine Mutter antwortete: „Aber nur, wenn du brav bist."

„Du warst nicht brav", sagte die Alte und kam noch näher, sodass sie nur noch einen Meter von ihm entfernt war. Er stand auf den Stufen der Eingangstreppe vor seiner weißen Haustür und wagte sich nicht mehr zu rühren.

„Dein Vater sagte, er ist stolz auf einen Sohn wie dich. Du erinnerst ihn an deine Mutter, wie sie früher gewesen ist: Sie ist nicht mehr die schöne Frau, die ich einmal kennen gelernt habe, aber du siehst genauso aus, wie sie früher. Es ist eine Schande, dass die Zeit alles Schöne vernichtet. Du lachst und fühlst dich gut. Dein Vater kommt näher zu dir auf dem Sofa. Er erzählt dir einen Blondinenwitz, und ihr müsst lachen, obwohl du selber blond bist. Dein Herz schlägt dir bis zum Hals, als er seinen Arm über deine Schultern legt und dich auf eine merkwürdige Weise ansieht. Offenbar will er dir sagen, dass er dich sehr mag. Aber es ist auch etwas Beängstigendes in seinem Blick, als wolle er dich gefangen nehmen, für immer. Dann würdest du nie mehr frei sein, dein eigenes Leben zu führen. Du fühlst dich hilflos und schwach. Du wirst bleich im Gesicht, denn auf einmal bemerkst du, dass deine Mutter in der Tür steht. Sie hat das blond gefärbte Haar zu einem Knoten nach hinten gebunden und trägt ihr blaues Arbeitskleid mit einer schmutzigen Schürze. Sie sieht verschwitzt aus und Haarsträhnen fallen ihr in das runzlige Gesicht. Plötzlich stürzt sie.

Sie hat in der Tür gestanden und euch beobachtet. Sie hat geschrien, als sie gefallen ist. Ihr seid auf sie zugestürmt, dein Vater und du. Ihr habt sie festgehalten mit euren Armen und sie gefragt, was mit ihr los ist. Sie hat am Boden gelegen, den Mund aufgerissen, und gerungen nach Luft. Ihre Augen waren weit geöffnet. Ihr Gesicht sah alt, eingefallen und hässlich aus, aber ihre Augen waren groß und dunkel und schön. Dein Vater hat sich in diesem Moment daran erinnert, dass er sich damals in diese großen, dunklen, tiefen Augen verliebt hatte. Vor langer Zeit. Er hatte es vergessen, aber als diese Augen ihn in diesem Moment verzweifelt ansahen, hat er sich daran erinnert.

Dann wurde sie ins Krankenhaus gebracht. Ihr hattet die Rettung alarmiert. Aber sie konnten nichts mehr für sie tun. Herzversagen. Sie ist gestorben. Wie hast du dich gefühlt, als der Arzt auf euch beide zukam, um euch die Nachricht mitzuteilen?"

„Halt die Klappe", rief der junge Mann, „ich rufe jetzt die Polizei."

Der junge Mann ließ die alte Frau im Garten stehen, ging ins Haus und rief die Polizei an. Man versprach ihm, einen Streifenwagen vorbeizuschicken. Dann ging er wieder hinaus in den Garten – aber die Alte war fort. Er verschloss die Haustür.

Als er wieder im Haus war, bemerkte er, dass die Alte sich auf dem Ehebett seiner Eltern ausgebreitet hatte: Nackt lag sie dort auf dem Rücken, und ihr langes schwarzes Haar lag über Brust und Schultern. Ihr Körper sah jung aus. Sie hatte eine schöne glatte Haut und hielt ihre Scham mit den Händen bedeckt. Sie lag auf der Seite seines Vaters. Die weißen Vorhänge waren zugezogen und die Fenster geschlossen. Die Luft war stickig.

Der junge Mann öffnete den Mund, riss die Augen auf und holte tief Luft. Ihm war, als würde er ersticken. Er war so verwirrt, dass er kein Wort herausbrachte.

Da klingelte es. Wie ein Wahnsinniger lief er die Treppen hinunter und öffnete zwei großen Männern in dunklen Uniformen.

„Wo ist diese Zigeunerin", fragten sie.

„Es geht um meine Mutter", erklärte der junge Mann, „sie hat mir von meiner Mutter erzählt – ich will, dass sie aufhört!"

„Wo ist die Frau", fragten sie.

Der junge Mann führte die Polizisten ins Schlafzimmer. Dort standen alle Fenster und Vorhänge offen, aber im Bett lag niemand.

„Sie war im Bett", sagte der junge Mann, „ich war zu Tode erschrocken!"

Die Polizisten durchsuchten das Haus, aber als sie nichts fanden, sagten sie zu dem jungen Mann: „Es tut uns leid, doch diese Frau muss wohl schon fort sein. Machen Sie sich aber keine Sorgen, wir haben ja eine gute Personenbeschreibung von Ihnen. Falls die Person wieder auftaucht, rufen Sie uns umgehend an."

„Ich zeige die wegen Hausfriedensbruch an!", knurrte der junge Mann.

Als die Polizisten gegangen waren, blieb er bis zum Mittagessen allein zu Hause. Endlich kam sein Vater. Er setzte sich mit ihm an den Mittagstisch. Nachdem er von der merkwürdigen Geschichte gehört hatte, runzelte der Vater die Stirn.

„Hör mal, Junge", sagte er, „du bist jetzt vierundzwanzig, und das mit deiner Mutter war vor einem Jahr. Lass dich nicht davon verrückt machen. Genieß lieber deinen freien Tag. Morgen müssen wir wieder im Gasthaus arbeiten."

Der junge Mann lächelte. Sie aßen Knoblauchsuppe und weißes Brot und tranken dazu Coca-Cola und Rotwein.

Einmal blickte der Vater vom Essen auf und sah den Sohn eindringlich an. Der junge Mann blickte ebenfalls auf, aber als er merkte, dass sein Vater ihn ansah, ließ er den Löffel in die Suppe fallen. Dabei spritzte Knoblauchsuppe auf die weiße Tischdecke.

In diesem Moment klingelte es an der Tür.

„Wenn es wieder diese Verrückte ist", sagte der Vater, „dann rufst du die Polizei."

Der junge Mann ging zur Tür und öffnete.

Die tote Katze

„Komm schon", ruft der junge Mann seiner Freundin zu, „wir sind bald an der nächsten Bank! Ist das eine Hitze heute!"

Es ist ein heißer Tag Ende Mai. Sie sind schon seit Stunden mit den Fahrrädern unterwegs. Inzwischen ist es Mittag. Er trägt ein blaues T-Shirt und kurze Hosen irgendeiner Sportmarke. Er ist sportlich und sieht sehr gut aus. Sie trägt ein gelbes T-Shirt, einen rosaroten Helm und eine rosarote kurze Hose. Sie ist mager und weniger sportlich als er. Zur Vorsicht trägt sie einen Fahrradhelm, wohingegen er nur eine Kappe aufgesetzt hat. Beide tragen dunkle Sonnenbrillen. Seine Augen sind klein und dunkel, ihre groß und hell.

Er legt sich schon einmal auf die Bank, bis sie nachkommt. Inzwischen ist sie noch weiter zurückgeblieben. Irgendetwas stinkt fürchterlich.

Er hat sich auf den Rücken gelegt und blickt in den Himmel. Hinter der Bank breitet sich ein kleines Feld mit wilden Gräsern aus, und dicht dahinter führt die Landstraße durch das Tal. Der Radweg, den sie entlangfahren, ist nicht weit von der Straße entfernt und an manchen Stellen etwas steil, da er über Hügel führt.

Jetzt kommt die junge Frau an. Als sie sich der Bank nähert, erschrickt sie und hält abrupt, denn hinter der Bank liegt eine weiße Katze im Gras. Sie ist tot, das sieht sie sofort.

Die junge Frau hört die Autos auf der Landstraße vorüberrauschen.

„Die Katze da muss überfahren worden sein", sagt sie.

Der junge Mann erschrickt, steht auf und geht auf die Katze zu. Er sieht sie kurz an, dann wendet er sich mit angeekeltem Gesicht ab.

„Da sind ja schon überall Würmer an ihrem Körper. Wir lassen sie besser einfach liegen. Ist bestimmt überfahren worden."

„Und wer hat sie von der Straße ins Gras geschleift", fragt die junge Frau.

„Keine Ahnung, aber ich will hier auf keinen Fall länger bleiben. Außerdem sind wir gar nicht für dieses Vieh verantwortlich. Komm jetzt, wir suchen uns ein schattiges Plätzchen. Schließlich steht die Bank in der prallen Sonne, und außerdem ist es laut, durch den Verkehr."

Sie fahren ein Stück weiter und halten an einem Weiher. Hier ist es ruhiger, die Straße ist nun weiter entfernt. Einige andere Radfahrer sitzen an dem Weiher, um auszuruhen.

„Touristen", meint der junge Mann. „Sie sprechen Schweizerdeutsch, hab ich im Vorbeigehen gehört. Sie sehen nett aus." Einen Moment fragt er sich, ob einer von ihnen die Katze auf dem Gewissen haben könnte, aber dann wundert er sich über den unlogischen Gedanken: Die Katze muss schon recht lange dort liegen. Außerdem dürfte es schwer sein, eine Katze mit dem Fahrrad tödlich zu verletzen.

Der junge Mann und die junge Frau setzen sich auf eine Bank nahe an den Weiher. Es ist fast windstill, und der Weiher sieht aus wie ein glatter Spiegel, indem das Laub der Bäume und das Blau des Himmels schwimmen. Sie blicken wortlos auf das kleine Gewässer, und jetzt bemerkt die junge Frau, dass hinter ihm, am anderen Ufer, offenbar eine Party vorbereitet wird. Laute Bässe klingen herüber, und neben einem kleinen Obstgarten ist so etwas wie ein Lokal, eine Bar offensichtlich. Noch etwas weiter zeigen sich die ersten Häuser des Dorfes.

Auch der junge Mann blickt hinüber zu der Bar. Davor ist niemand zu sehen, aber durch die Glasfenster erkennt er die Schatten einiger Leute, die offenbar emsig mit Vorbereitungen beschäftigt sind. Auf einmal erscheint es ihm so, als werde die Musik immer lauter. Er spürt, wie sein Herz im Takt zu schlagen beginnt und atmet einmal tief durch.

Ein schlanker junger Mann mit einem Kinderwagen spaziert um den Weiher herum. Die junge Frau blickt zu ihm hinüber. Der junge Vater hat schon leicht ergraute Schläfen, ist aber noch recht hübsch. Trotzdem macht sein Anblick ihr Angst, ohne dass sie weiß, warum. Das kleine Kind in dem Wagen schreit und scheint sich vor dem Wasser zu fürchten. Der Vater versucht, es zu trösten, aber es schreit immer lauter.

Die junge Frau ballt ihre Hände zu Fäusten. Der Vater verliert jetzt die Geduld und brüllt: „Sei endlich still, verdammt!"

Das Kind schreit noch lauter, und der Vater wird still und seine Lippen zittern, als müsste er jeden Augenblick zu weinen beginnen. Er schüttelt den Kopf und geht mit hängenden Schultern weiter. Das Kind weint immer noch. Bald sind sie am Seeufer in Richtung Bar verschwunden.

Der junge Mann lehnt sich zurück und blickt durch seine Sonnenbrille in den Himmel. Seine Freundin sieht ihn an, lächelt und schlägt die Augen nieder. Sie nimmt ihre Sonnenbrille ab und sieht ihn wieder an. Er ist groß, gut gebaut. Er hat muskulöse Arme und Beine und breite Schultern, dazu seine geheimnisvollen dunklen Augen und sein dichtes schwarzes Haar. Sie muss sich eingestehen, dass das Klischee, Männer würden bei Frauen nur auf Äußerlichkeiten achten, auf sie selbst zutrifft, wenn es um ihre Auswahl von Partnern geht. Jedenfalls hat er ihr von Anfang an gut gefallen. Deswegen sind sie seit einem Jahr ein Paar. Und es läuft doch ganz gut, denkt sie.

Auf der Bank ist es schattig und kühl. Manchmal fährt ein leiser Wind durch die Bäume. In der Ferne hört man immer noch die fahrenden Autos.

Auf einmal schreckt er zusammen. „Da stinkt doch was!", sagt er.

Er erschrickt, als er zu seiner Freundin blickt, denn auf ihrem Schoß liegt die tote Katze. „Die tote Katze!", brüllt er. „Bist du wahnsinnig?"

„Die Katze?"

„Du hast sie mitgebracht!", ruft er und wird ganz wild vor Angst.

„Quatsch! Wir haben die Katze da liegen gelassen."

„Nein! Du hältst sie … sie liegt auf deinem Schoß, verdammt! Ich sehe sie doch ganz deutlich!"

Sie grinst, denn sie hält das Ganze für einen Scherz. „Du bist wirklich verrückter, als ich gedacht habe."

„Ich meine es todernst: Wirf sie weg!"

Sie wird nun auch ernst und schüttelt den Kopf.

„Jetzt reicht es aber. Wie kann ich etwas wegwerfen, das ich gar nicht habe? Niemand würde so eine widerliche Katze auf den Schoß nehmen!"

„Ja, niemand sollte so eine tote Katze auf dem Schoß haben", fährt er sie voller Wut an, „und erst recht nicht du, meine Freundin!" Seine Hände zittern. Er atmet tief durch und wirft die Sonnenbrille zu Boden. Er spürt, wie sein Magen bebt und ihm übel wird.

„Leg doch deinen Kopf in meinen Schoß", ruft sie, „dann wirst du schon merken, dass da keine stinkende tote Katze liegt!"

„Du ... du hast ja den Verstand verloren!", brüllt er. „Na schön, ich zeig dir, wo die Katze auf deinem Schoß liegt!"

Er steht auf, stellt sich vor sie, und seine kräftigen großen Hände wollen sich im Zorn auf sie herabstürzen. Da bekommt sie Angst und schreit: „Nein, rühr mich nicht an! Hau ab! Hau einfach nur ab!" Sie blickt in seine kleinen dunklen Augen, und ihre großen hellen Augen sind voller Enttäuschung und Wut.

Da brüllt er sie an: „Du wirfst diese Katze jetzt weg, oder ..." Er hebt die Faust ein wenig, während sie weint und die Hände schützend über ihren Schoß legt.

Da besinnt er sich auf eine längst vergangene Zeit. Ja, so war es früher. Alle sehen zu, wie damals. Aber er schlägt nicht zu, sondern sagt: „Ich suche mir eine Frau, die Kinder kriegt und keine tote Katze auf dem Schoß trägt."

Er erinnert sie daran, tatsächlich. Es ist vor ein paar Monaten geschehen. Wie kann er sie nur daran erinnern? Sie wollte nicht mehr daran denken, nie wieder. Sie waren sich einig, nie wieder darüber zu sprechen.

„Es tut mir leid", sagt er jetzt. „Aber du wünscht dir gar keine Kinder! Du hast nicht ein einziges Mal geweint, als es passiert ist – jede Frau würde weinen. Du hast gesagt: Auf diese Weise fühle ich mich freier und jung, und du bist auch noch frei und jung. Du willst jung sein und Spaß haben. Wir sind aber keine Jugendlichen mehr!"

„Aber da ist doch keine tote Katze auf meinem Schoß", ruft sie, und ihre Augen stehen voller Tränen.

„Du weinst zu spät."

„Weißt du was? Ich habe nicht mal heimlich geweint!", schreit sie und wird jetzt wütend.

Im nächsten Augenblick ist er bereits auf sein Fahrrad gestiegen und rast davon. Sie will ihm hinterher und steht auf, doch da hört sie schwere Schritte hinter sich und dreht sich um.

Ein großer alter Angler kommt auf sie zu. Er hält eine Forelle in den Händen. Der Fisch reißt verzweifelt sein Maul auf, zappelt und versucht, sich aus dem Griff des Anglers zu befreien. Der Angler aber hält ihn gut fest und schlägt seinen Kopf gegen den Rand eines hölzernen Brunnentrogs. Da bewegt er sich bald schon nicht mehr. Der Angler lächelt und murmelt: „Du wolltest also dem Tod entkommen."

Die junge Frau beginnt zu weinen.

Das Spiel im Bach

Ein junges Paar sitzt auf einer Bank neben einem Bach und einer schmalen asphaltierten Straße, die an ihm entlangführt. Um sie herum breitet sich eine Apfelbaumplantage aus. Der Bach fließt sehr langsam zwischen den Bäumen dahin; an mancherlei Stellen wächst grünes Moos an seinen Ufern. Es ist ein heißer Vormittag.

Das junge Paar hat sich einige Minuten lang geküsst. Jetzt stehen beide auf.

„Lust auf ein Spiel?", fragt er und blickt auf den Bach. „Wir können schließlich nicht ewig still auf der Bank herumsitzen", sagt er, als sie nicht gleich antwortet, „hier fliegen viel zu viele Mücken und Wespen rum."

Sie blickt auf den Bach. Das Wasser steht fast still, so langsam fließt es dahin. Es sieht schmutzig aus.

„Ich steige jetzt in den Bach", schlägt er vor, „und folge seinem Lauf, bis zur nächsten Ortschaft. Und du spazierst weiter die Straße lang. Wir treffen uns dann wieder im Dorf."

Sie lacht auf, aber er scheint es ernst zu meinen. Er zieht die Schuhe aus, reicht sie ihr und springt in das Wasser. Sie blickt sich um. Sie sind ganz allein, keiner sieht zu. Aus der Ferne ertönt das Rattern eines Traktors.

Er steht jetzt bis zu den Knien im Wasser. „Also los! Du wartest später auf mich, ja?"

Sie geht los, die Straße entlang, und er stapft neben ihr durchs Wasser. Sie fragt sich, ob der Bach vor der nächsten Ortschaft nicht in den Fluss mündet, der ebenso durch das Tal fließt. Aber sie schweigt, denn sie findet seine Idee lustig.

Viele Fragen gehen ihr durch den Kopf: Woher kommt der Bach eigentlich? Vom Berg? Sie kennt den Bach nicht, und sie ist noch niemals auf dieser Landstraße gewesen, obwohl sie beide in der kleinen Stadt am Ausgang des Tals leben. Sie hat einmal gehört, dass alle Bäche im Tal früher zu Bewässerungszwecken dienten, bevor die Beregnungsanlagen eingerichtet worden sind. Sie fragt sich, ob der Bach überhaupt noch einen Zweck erfüllt. Sie weiß so wenig über Landwirtschaft. Kann ein Bauer ihnen nicht vielleicht sogar verbieten, im Bach zu waten?

Sie schweigen. Er stapft neben ihr durchs Wasser, geht vorsichtig, denn es liegen glitschige Steine am Grund, und sie geht langsam, sodass er mit ihr Schritt halten kann. Sie fragt sich, ob sich die Straße irgendwann von dem Bach entfernen wird.

Autos kommen vorbei, verlangsamen aber kaum ihre Fahrt. Er muss dann immer lachen, und manchmal winkt er den Fahrern scherzhaft zu. Sie vergisst ihre Bedenken und lacht mit. Ein kleinerer Bach mündet vom anderen Ufer her in den Bach, in dem ihr Freund watet. Daraufhin wird der Bach etwa zwei Meter breit. Aber immer noch fließt er nur langsam dahin.

„Pass bitte auf", ruft sie ihm zu.

„Was kann schon passieren?", fragt er und seine Stimme klingt ironisch. „Hast du etwa Angst?"

Plötzlich führt die Straße über den Bach und entfernt sich auf dem anderen Ufer in Richtung Berg.

„Wir sehen uns bald wieder", ruft er ihr zu und lächelt. Sie nickt nur.

Die Straße führt jetzt durch weitere Apfelbaumplantagen, und der Bach verläuft in die entgegengesetzte Richtung. Als sie sich einige Meter hinter der Brücke noch einmal kurz umdreht, sieht sie ihren Freund an einer Bachbiegung hinter hohem Schilf in Richtung Fluss verschwinden.

Sie geht weiter die Straße entlang und fühlt sich unruhig. Die Straße führt immer weiter weg vom Wasser und immerfort zwischen Apfelbaumreihen hindurch. Wenn sie durch die Gänge zwischen den Stämmen blickt, kann sie erkennen, dass in einiger Entfernung der Bach weiter verläuft und sich dem Fluss nähert. Es beruhigt sie, dass sie zumindest das Schilf noch sehen kann, auch wenn ihr die Nähe zum Fluss Sorgen macht. Es sind wohl noch ungefähr zwei Kilometer bis zum Dorf.

Bald kommt sie vorbei an einem alten doppelstöckigen Häuschen mit einem Garten, der von einem grünen Maschendrahtzaun umsäumt ist. Das Häuschen hat dunkle Mauern, hohe Fenster ohne Scheiben und einen grünen Giebel, von dem die Farbe abblättert. Vor ihm in dem verwilderten Garten liegt ein kleiner Teich, über dem Mücken kreisen. Etwas weiter weg von ihm steht ein kleiner Schuppen aus Holz mit einem grünen Wellblechdach. Außer Unkraut gedeiht hier nichts mehr – nur eine einzige weiße Rose ragt aus dem Dickicht um den Teich empor. Eine steinerne Treppe, überwuchert von Efeu, führt an die rote Tür. Sie hat den Eindruck, dass hier keiner mehr lebt und das Haus früher oder später abgerissen werden wird. Sie fragt sich, ob darin einst jemand glücklich gelebt hat. Ob irgendwann Kinder in dem großen Garten gespielt haben, als er noch schön war. Ob sie sich im Schuppen versteckt haben. Und warum die einzelne weiße Rose noch immer so schön blüht.

Endlich geht sie weiter. Auf einmal teilt sich der Weg: Rechts führt eine Straße zu einem prächtigen Bauernhof mit zwei Ställen, einer Scheune und schönen Feldern, und links führt die Straße zum Dorf.

Sie geht weiter in Richtung Dorf. Bald führt die Straße in Schlangenlinien einen grünen Hügel hinauf, auf dem neben wilden Gräsern Nadelbäume wachsen. Auf halber Höhe hält sie inne, denn hier zweigt links ein Schotterweg ab, der durch Apfelbäume hinunter zum Bach führt. Sie verlässt die Straße und geht den Schotterweg entlang. In einiger Entfernung hört sie das Rattern eines Traktors. Sie vermutet, dass Bauern in der Nähe sind, aber sie geht trotzdem weiter, obwohl am Anfang des Schotterweges auf einem Schild „Privatgrund" gestanden hat.

Dann führt der Weg über eine Brücke aus Beton, und sie verspürt ein großes Verlangen, diese Brücke zu betreten, obwohl sie weiß, dass sie damit gegen Regeln verstoßen würde. Unwillkürlich eilt sie weiter, auf die Brücke zu.

Als sie auf der Brücke steht, ist um sie her alles ruhig. Das Rattern des Traktors ist nun weit entfernt. Es kommt aus der Richtung des Flusses. Sie atmet durch, und plötzlich spürt sie die Anwesenheit ihres Freundes. Sie spürt, dass er sich ihr vom Bach her nähert. Da bekommt sie noch größere Angst.

Sie lehnt sich an das eiserne Geländer und blickt den Bach stromaufwärts, von woher sie den Freund erwartet. Das Wasser wird durch ein kleines Wehr vor der Brücke gestaut, sodass der Bach hier breiter wird und höher. Etwas Wasser dringt aber durch das Wehr hindurch und strömt in einem kleinen Wasserfall ins Bachbett hinab, wo der Bach wieder schmaler und flacher wird.

Jetzt hört sie seine Stimme rufen: „Hallo?"

Sie erschrickt und sieht, dass sich ihr Freund im Wasser nähert. Er steht in dem kleinen Staubecken, lauter Insektenstiche im Gesicht, und das Wasser reicht ihm bis zum Hals. Er hebt die Arme, schlägt die Hände ins Wasser und brüllt: „Spielverderberin! Es war doch abgemacht, dass wir uns erst im Dorf wiedersehen!"

„Moment", ruft sie ihm zu, „billigst du mir etwa kein Spiel zu?"

Als er nicht antwortet und reglos im Wasser stehen bleibt, weint sie.

Jetzt steigt er aus dem Bach, kommt auf sie zu und tröstet sie. „Du wolltest doch nicht in den Bach, oder?"

„Ja, weil ich vorsichtiger bin als du. Aber weißt du, wie einsam es war? Du hast die Spielregeln aufgestellt!"

Sie springt nun selbst samt Schuhen in den Bach. Seine Schuhe, die sie immer noch in der Hand hält, lässt sie einfach los, sodass sie vom Wasser fortgetragen werden.

„Dann folge ich jetzt dem Bach", sagt sie, „und du folgst der Straße. Und wenn du Glück hast, treffen wir uns im Dorf wieder. Falls der Bach nicht schon vorher in den Fluss mündet."

„Nein!", ruft er ihr nach, als sie losstapft, „bitte bleib hier! Ich möchte nicht wieder dieses Spiel spielen. Ich habe genauso viel Angst wie du. Ich glaube dir, es fühlt sich einsam an, schrecklich einsam."

Sie blickt ihn traurig an. Dann winkt sie ihn zu sich, und nach kurzem Zögern springt er zurück in den Bach. Kurz darauf stapfen beide Hand in Hand den Bach entlang bis zur Flussmündung, und während sie das Wasser mit den Händen teilen und seine kühle Kraft spüren, wird ihre Angst immer weniger.

Judith schreibt Jans Geschichte

Judith sitzt im Zug. Es ist ein verregneter Augustnachmittag, und sie fährt von Hannover nach Hamburg. Dort will sie ihren Freund Jan besuchen, der dort Archäologie studiert. Während ihres Literaturstudiums hat sie gemeinsam mit ihm an der Elbe gelebt, aber dann wurde ihr Vater nach einem Schlaganfall zu einem Pflegefall, und so ist sie, um ihre Mutter zu unterstützen, vor ein paar Monaten zurück nach Hannover ins Elternhaus gezogen. Sie studiert dort weiter und trifft Jan am Wochenende.

Der Zug fährt in den Hauptbahnhof ein. Judith hat sich auf der Toilette noch etwas zurechtgemacht. Ihr Haar ist schwarz, sie trägt es lang und offen. Es ist ein windiger Tag, und sie hat eine schwarze Regenjacke übergezogen, aber darunter trägt sie für Jan ein schönes dunkelrotes Kleid. Es ist lang und wirkt sehr elegant.

„Judith", hört sie seine Stimme, als sie gerade ausgestiegen ist. Sie dreht sich um und er steht vor ihr. Unzählige Menschen sind um sie herum auf dem Bahnsteig. Judith blickt in sein Gesicht, ein schmales, bartloses, jugendliches Gesicht. Er hat dunkelblondes Haar und grüne Augen. Sie mag es, wenn er sie ernst ansieht – so wie jetzt, in diesem Moment. Etwas Trauriges liegt dann in seinem Blick. Zugleich aber scheint er zu sagen: Ich hab dich vermisst.

„Jan!" Sie umarmt ihn, dann küssen sie sich.

Daraufhin nimmt er ihre Reisetasche und legt seinen Arm um ihre Taille. Er spürt ihre sportliche, schlanke Figur.

Schweigend gehen sie nebeneinander her, verlassen den Bahnhof. Sie hat das Gefühl, gar nichts sagen zu müssen.

Wir haben eine gute Beziehung, denkt sie, auch wenn Jan oft schweigsam ist und sie selbst viel öfter über sich erzählt. Manchmal fragt sie sich, ob es nicht gerade diese Schweigsamkeit war, die sie von Anfang an zu Jan hingezogen hat.

Sie spannt ihren Regenschirm auf, und unter ihm spazieren sie durch die Straßen. Es ist laut: Autos, Busse, Sirenen, Straßenbahnen –

„Nein!", sagt Jan mit einem Mal und bleibt in der Menge stehen. „Ich will noch nicht in die Wohnung. Komm, wir spazieren zum Hafen, Judith."

Sie ist einverstanden, obwohl sie eine Unruhe aus seiner Stimme heraushört.

„Du bist gestresst", meint sie, „ja, dann tut so ein kurzer Trip wohl ganz gut."

Sie spazieren zur Elbe und suchen sich eine Stelle, wo sie allein sind. Sie setzen sich auf einen kleinen Steg, der aufs Wasser hinausführt, und sehen den kleinen Wellen im grauen Wasser zu, das sich vor ihnen ausbreitet. Der Regen hat inzwischen aufgehört, jetzt kommt die Sonne hinter den Wolken hervor, und es wird wärmer. Judith zieht ihre Jacke aus. Beide sitzen nun auf Judiths Jacke.

Auch Jan zieht seine Jacke aus und legt sie um Judith. „Das ist ein schönes Kleid", sagt er.

„Es ist neu, ich habe es für dich gekauft."

Sie sitzen eine Weile an der Elbe, reden und küssen sich. Irgendwann wirft die Sonne ihnen ihr letztes Licht entgegen, bevor sie untergeht. Das Wetter ist nun auf einmal richtig mild geworden. Jan küsst Judith immer wieder und irgendwann legen sie sich nebeneinander auf den Steg. Bis in die tiefe Nacht liegen sie dort einander in den Armen, küssen und lieben sich. Er liebt es, ihr langes, schwarzes Haar zu spüren. Und er liebt ihr neues rotes Kleid.

Judith erwacht am frühen Morgen und friert. Nebel liegt über dem Hafen, Schiffe ziehen vorüber, und die Morgensonne kämpft sich durch den Nebel hindurch. Jan ist weg. Wo ist er geblieben? Verwirrt steht sie auf, nimmt ihre Jacke, zieht sie an und macht sich auf den Weg zu seiner Wohnung. Dort öffnet nur sein Mitbewohner.

„Der Jan? Der ist die ganze Nacht nicht nach Hause gekommen. Ich dachte, er ist mit dir zusammen."

Judith fragt auch bei Jans Eltern und versucht immer wieder, ihn auf seinem Mobiltelefon zu erreichen, aber Jan bleibt verschwunden. Zusammen mit Jans Eltern informiert sie schließlich die Polizei, und nach zwei Tagen stellen sie eine offizielle Vermisstenanzeige. Jan bleibt fort – tagelang, wochenlang, monatelang.

Ein Jahr später fährt Judith mit ihrem neuen Freund Luca nach Italien. Ihr Vater ist inzwischen wieder gesund geworden, aber er betrügt ihre Mutter mit anderen Frauen, wie schon so oft zuvor. Wenn sie davon erfährt, blickt Judiths Mutter so traurig, wie Jan damals geblickt hat, aber sie unternimmt nichts dagegen und tut so, als wüsste sie nichts davon.

Judith hat Luca in Hannover kennengelernt, wo er in einer Pizzeria als Kellner arbeitete. Ein Jahr zuvor war er nach Deutschland gekommen, um die deutsche Sprache zu lernen. Luca spricht mit Judith oft über das Leben, über die Liebe und wie er alles voller Vertrauen und Zuversicht betrachtet. Dennoch erzählt er ihr nicht alles über sich – das spürt Judith, und es beunruhigt sie, doch sie würde es nie wagen, Luca direkt darauf anzusprechen.

Luca will Judith Viareggio zeigen, seine Heimatstadt. Am zehnten September kommen sie an am Bahnhof mit den Mauern aus weißem Marmor. Es regnet in Strömen. Judith erschrickt, als sie zu dem dunklen Abendhimmel emporblickt. Blitze zucken, und der Donner schlägt so laut, dass es ihr so vorkommt, als würde sie jeden Schlag in ihrem Herzen spüren.

Luca spannt seinen Regenschirm auf und führt sie zu seiner Mutter, die nur Italienisch spricht und in einer kleinen Wohnung in der Nähe des Bahnhofs lebt. Da Judith seit ihrer ersten Begegnung mit Luca einen Italienischkurs besucht, kann sie sich schon ein wenig unterhalten mit Lucas Mutter. Sie ist Witwe; ihr Mann ist schon lange tot. Sie sieht alt und müde aus. Über seinen Vater spricht sie nie, erzählt Luca. Luca und Judith schlafen bei ihr in einem Zimmer mit einem Doppelbett.

In der ersten Nacht in Viareggio liegt Judith plötzlich in den Armen von Jan, der sie verärgert ansieht und sagt: „Komm zum Strand von Viareggio – morgen um Mitternacht. Ich werde dort sein, Judith. Und du wirst meine Geschichte aufschreiben."

„Das ist nichts als ein Traum", sagt Judith zu Jan.

„Ja", erwidert Jan, „aber du gehst trotzdem hin, weil du mich liebst."

Als sie erwacht, strahlt die Sonne zum Fenster herein.

„Was ist los mit dir", will Luca wissen. „Du wirkst so nervös, als hättest du die ganze Nacht nicht geschlafen."

„Ich habe von Jan geträumt", gesteht sie ihm. „Er hat gesagt, ich soll heute um Mitternacht zum Strand von Viareggio kommen."

Luca lacht. „Ach!" Er fährt ihr über das lange, zerzauste Haar, das sie sich blond färbt, seit sie mit Luca zusammen ist. Luca gefällt es so besser. Er wechselt das Thema, und sie sprechen nicht mehr darüber.

Judith bleibt in der folgenden Nacht wach. Sie sind um elf ins Bett gegangen und Luca schläft schon, als Judith um Viertel vor zwölf das Bett verlässt. Sie zieht sich leise an, schleicht aus der Wohnung und überlegt, wie sie zum Meer kommt. Der schnellste Weg führt sie durch einige Parks mit Pinien. Sie überwindet ihre Angst und läuft durch die Parks. Endlich steht sie am Strand. Alles ist dunkel um sie herum; nur der Vollmond strahlt auf sie herab. Sie setzt sich in den Sand und blickt auf das Wasser, das in sanften Wellen bis an ihre Beine heranfließt. Ihr rotes Kleid, das sie damals für Jan gekauft hat, wird nass, aber das stört sie nicht. Sie nimmt Stift und Block hervor und beginnt zu schreiben.

Er liebt ihr neues rotes Kleid, aber er hat ihr etwas verschwiegen. An dem Steg, auf dem er mit Judith geschlafen hat, sieht er plötzlich Katharina. Sie studiert mit ihm Archäologie; manchmal sind Katharina, Judith und Jan zusammen aus gewesen. Und manchmal hat Jan Katharina, wenn sie ihm gegenüber saß, sehr lange angesehen.

Jetzt steht Katharina in einem engen schwarzen Kleid mit tiefem Ausschnitt vor Jan. Ihr langes, blond gefärbtes Haar trägt sie offen.

Jan blickt zuerst weg, auf das schwarze Wasser, aber dann umfasst er Katharina mit beiden Händen und drückt sie an sich. „Judith schläft nun", flüstert er ihr ins Ohr. „Komm jetzt, wir gehen woanders hin."

Doch Judith ist aufgewacht und folgt Jan und Katharina heimlich.

Hand in Hand spazieren Jan und Katharina am Hafen entlang, bis sie zu einem modernen Brunnen kommen. Der Brunnen ist rund und aus weißem Marmor. Eine Fontäne erhebt sich in seiner Mitte. Beide blicken in den Brunnen und halten sich an den Händen. Judith, versteckt hinter einer Eiche, beobachtet sie.

„Hast du eigentlich vorhin auf dem Steg mit Judith geschlafen", fragt Katharina.

„Ja", antwortet er.

„Schön", sagt sie und blickt ins Wasser des Brunnens. „Und würdest du auch mit mir schlafen? Wir könnten zu mir nach Hause gehen."

Er lächelt. „Ja", antwortet er.

„Das ist eine dumme Antwort", wirft sie ihm vor.

„Warum", fragt er, „glaubst du etwa, es gibt wirklich so etwas wie Monogamie in einer Beziehung? Schlägt dein Herz bei einem hübschen Jungen denn nie höher, auch wenn du gerade in einer Beziehung bist?"

„Ich bin in keiner Beziehung und möchte es auch nie sein", sagt sie und stößt ihn in den Brunnen, in dem er sogleich versinkt, als hätte der Brunnen ihn verschluckt.

Judith läuft zu dem Brunnen hin und fragt verzweifelt: „Was hast du getan?"

„Du bist doch auf der Suche nach einem Mann, der nur dich liebt", sagt Katharina.

Judith tut es leid, dass Jan die Probe nicht bestanden hat. Sie denkt an seinen traurigen Blick und will ihn zurück.

„Wenn du aufwachst", sagt Katharina, „wird Jan verschwunden sein."

Judith ist am Strand eingeschlafen, nachdem sie diese Geschichte geschrieben hat. Inzwischen hat Luca bemerkt, dass sie verschwunden ist. Er ist aufgestanden, hat etwas geahnt und sie hier gesucht. Jetzt legt er sich neben sie, nimmt sie in die Arme und küsst sie.

„Warum bist du einfach weggegangen", fragt er leise. „Ich hatte große Angst um dich."

„Hast du meine Geschichte gelesen", will sie wissen, denn sie findet die beschriebenen Blätter nicht mehr in ihrer Tasche.

„Welche Geschichte?"

„Die Geschichte ...", setzt sie an, verstummt aber sogleich wieder.

„Komm, wir gehen spazieren, und dann erzählst du mir alles", sagt er sanft.

Sie gehen Hand in Hand den nächtlichen Strand entlang und schweigen. Judith weiß nicht, wie sie anfangen soll. Was soll sie ihm nur erzählen?

Plötzlich tauchen aus der Finsternis vor ihnen zwei junge Männer in dunklen Lederjacken auf. Judith erschrickt zunächst, doch dann bemerkt sie, dass die Männer ebenso Hand in Hand am Strand entlang spazieren – eine junge

Frau in ihrer Mitte. Beide blicken die junge Italienerin verliebt an. Schweigend ziehen sie an ihnen vorüber.

Luca und Judith verlassen den Strand und kommen zu einem Platz aus weißem Marmor mit einem kleinen runden Brunnen in der Mitte, ebenfalls aus Marmor und ganz neu. „Komm, lass uns an den Brunnen gehen", sagt sie zu ihm.

Sie setzen sich an den Rand des Brunnens, sehen sich an und küssen sich. Straßenlaternen erhellen den Platz mit einem warmen, gelben Licht. Ab und zu lärmen ein paar betrunkene Jugendliche vorüber.

„Du wirst nie herausfinden, was mit Jan geschehen ist", sagt Luca auf einmal, „denn das Leben schreibt andere Geschichten – Geschichten ohne klares Ende, ohne Antworten auf unsere Fragen. Manchmal sind diese Geschichten sehr knapp und lassen vieles aus. Wir bilden dann unsere eigenen Geschichten."

Sie geht nicht darauf ein. „Du bist anders, oder? Hast du das Paar am Strand gesehen? Das war natürlich kein Paar, das waren *drei*, die sich liebten."

„Ja", sagt er und blickt hinüber zum Meer.

Sie blickt in den Brunnen und stellt sich vor, wie Luca darin untergehen wird, so wie Jan in ihrer Geschichte.

„Ich finde diesen Abend grauenvoll", sagt sie.

„Grauenvoll", wiederholt Luca.

Manuela und Diego

Leo, ein junger Mann Ende zwanzig, hatte seine alte Studienstadt besucht, um sich bei einigen Arbeitsstellen zu bewerben. Als er an diesem frühen Nachmittag den Zug nach Italien bestieg und noch einmal seinen Blick über die Stadt streifen ließ, verspürte er Wehmut. Eines Tages werde ich hierher zurückkehren, sagte er sich.

„Leo?", rief eine Stimme. Ruckartig drehte er sich um und sah Manuela. Sie hatte langes braunes Haar und grüne Augen, das liebte sein älterer Bruder Diego so an ihr. Sie war eine schöne Frau.

Manuela lächelte Leo an, als freue sie sich, ihn zu sehen. Freute sie sich wirklich? Und freute er sich? Er wusste es nicht.

„Was machst du denn hier?", wollte sie wissen. „Und warum hast du Diego und mir nicht erzählt, dass du kommst?"

„Ich …" Leo fing an zu stottern. „Ich wollte mich hier für eine Stelle bewerben, Bibliothekar in der Stadtbücherei … oder Postangestellter oder … ach, es ist sehr schwierig."

„Komm doch mit", forderte sie ihn auf, „wir gehen zusammen etwas trinken."

Manuela führte ihn in eine Bar am Bahnhof. Er bestellte Apfelsaft, sie Mineralwasser. Der Kellner war ein junger Mann, fast noch ein Junge. Etwas an ihm erinnerte Leo an Diego. Er hatte dieses schelmische Lächeln im Gesicht, aber es lag keine Gehässigkeit darin. Es wirkte, als ob er sagen wolle: Komm, mach dich locker, wir springen mit Kleidern in einen öffentlichen Brunnen! Sollen die Menschen doch gaffen – ich pfeife auf sie!

„Eigentlich hätte ich ja Lust auf ein Glas Wein gehabt, zur Feier des Tages", sagte Manuela. „Wir haben uns so lange nicht mehr gesehen, Leo. Aber ich werde immer so schnell beschwipst. Diego und ich sind dauernd hier in der Stadt. Deine Eltern sehe ich kaum noch. Arbeitest du noch an der Tankstelle bei ihnen?"

„Ja, aber beide gehen wohl Ende des Jahres in den Ruhestand, und ich will die Tankstelle nicht weiterführen. Es war okay, während des Studiums da zu jobben, aber jetzt … Ich arbeite schon seit Ende meines Studiums vor einem Jahr wieder in Vollzeit dort und sehne mich nach Freiheit – raus aus dem Elternhaus, zurück in die Stadt. Leider ist es sehr schwer, hier eine Anstellung als Bibliothekar zu finden, und die Gelegenheitsjobs sind meist zu schlecht bezahlt. Der Lebensunterhalt hier ist ja ziemlich teuer."

Sie bekamen ihre Getränke serviert – jetzt von einer jungen Frau, die Manuela ähnlich sah. Sie trug dasselbe Lächeln im Gesicht wie sie, als sie Leo am Bahnhof getroffen hatte. Manuela starrte ihn mitleidig und erschrocken an.

„Ich studiere ja immer noch", erzählte sie, „BWL. Diego hat ja zum Glück nach seinem Studium nicht lange suchen müssen und konnte schon zwei Monate nach seinem Abschluss in einem Forschungsinstitut hier anfangen. Ich bin so stolz auf ihn."

Leo fühlte Ärger in sich aufsteigen. „Ich habe über ein Jahr lang Bewerbungen geschrieben – aber … Ich freue mich auch für Diego, natürlich freue ich mich für ihn …"

Sie tranken Mineralwasser und Apfelsaft – wie Zaubertränke, um die verlegene Stille wegzuzaubern.

„Weißt du noch, wie ich dir ins Gesicht geschlagen habe?", fragte Leo dann plötzlich.

„Ins ... Gesicht geschlagen?" Manuelas Stimme klang erschrocken. „Was meinst du denn jetzt damit?"

„Ich meine, als wir Kinder waren. Du weißt, Diego war immer der sportlichere von uns beiden. Als wir uns kennengelernt haben, du und ich, war ich zehn – Diego und du, ihr wart zwölf. Wir spielten oft Basketball in dieser stillgelegten Fabrik, die inzwischen längst abgerissen ist – Diego und du gegen mich. Ich wollte eigentlich gar nicht mit dir spielen. Ich konnte dich nicht ausstehen, weil ich mit Diego allein spielen wollte. Du hattest eine ausgezeichnete Zielgenauigkeit im Korbschießen. Ich konnte mir nicht erklären, wie du so gut spielen konntest und wollte unbedingt gegen dich gewinnen. Als ich bei unserer ersten Begegnung gegen Diego und dich verloren habe, hab ich dir mit der Faust ins Gesicht geschlagen und bin einfach weggelaufen. Diego ist bei dir geblieben und hat dich dann zur Rettung gebracht. Die Wunde über deinem Auge musste genäht werden, aber sonst hast du zum Glück keinen schlimmeren Schaden davongetragen."

„Leo, hör auf!" Ihre Stimme klang gereizt. Sie fasste sich ans Auge und schien wieder den Schmerz zu spüren. „Ja, ich hatte es vollkommen vergessen – jetzt weiß ich auf einmal alles wieder. Ich hatte mich nur noch daran erinnert, wie ich mich damals in deinen Bruder verliebt habe ..."

Sie blickten schweigend in ihre Gläser. Da ging die Tür auf und Diego kam herein, obwohl er nicht gewusst hatte, dass seine Freundin und sein Bruder in der Bar saßen. Er war einige Male mit Leo in dieser Bar gewesen, als er noch studiert hatte.

Sonnenstrahlen fielen durchs Fenster auf Diegos volles, dunkelblondes Haar, als er nun auf Manuela und Leo zuschritt, ein freundliches, gut gelauntes Lächeln im Gesicht. Er war mit seiner Anstellung zufrieden und sein Chef hatte ihm gute Aussichten prophezeit; die Investition seiner Eltern in seine Ausbildung hatte sich gelohnt. Leo blickte kurz zum Fenster der Bar hinaus – er sah die Berge, die vor Sonne strotzten.

Leo stellte sich gerade vor, wie es sein würde, als Tellerwäscher zu enden. Einen Moment lang dachte er, es wäre ihm lieber, wenn seine Eltern das nicht miterleben müssten.

In diesem Augenblick packte Manuela den traurigen Leo am Kragen, zog ihn zu sich und küsste ihn innig.

Diego zuckte zusammen und blieb stehen. Die übrigen Leute, die in der Bar saßen, kümmerte die Kussszene nicht.

Während des Kusses sah Leo ein Bild vor seinen Augen. Er stand wieder mit Manuela und Diego in der stillgelegten Fabrik, und wieder schlug er Manuela nieder – mit einem Knüppel. Diesmal traf er sie an der Schläfe. Sie fiel zu Boden und rührte sich nicht mehr. Diego aber sah seinen Bruder mit wunderschönen blaugrünen Augen an, nahm ihn in die Arme, küsste ihn und lächelte.

Verdutzt setzte sich Diego zu Leo und Manuela. „Wie …", stotterte er, „warum …?"

„Ach, Diego", seufzte Manuela. „Erinnerst du dich nicht mehr, wie Leo mich mal als Kind niedergeschlagen hat? Er war mir diesen Kuss einfach schuldig. Ich musste ihn küssen. Ich ..."

Sie blickte Leo liebevoll an.

„Du oberflächlicher Angeber!", hätte sie Diego am liebsten zugerufen und hätte sich in diesem Augenblick gern Leo zugewandt, aber sie packte Diego schnell am Arm und verließ mit ihm die Bar.

Leo blickte ihnen nach mit leeren Augen. Dann fuhr er mit dem nächsten Zug ab. Als er losfuhr, lachte er.

Der Mantel

Axel ist Verkäufer in einem Kaufhaus. Er wohnt noch bei seiner Mutter. Gerade ist er von einem Sommerurlaub zurück nach Hause gekommen. Er ist ganz alleine im Urlaub gewesen.

Als seine Mutter ihn zur Begrüßung umarmt, spürt er seinen schwarzen Mantel. Axel zieht ihn aus und legt ihn über die Armlehne des Sofas. Dann setzt er sich auf das Sofa, und die Mutter setzt sich ihm gegenüber, auf den Sessel.

„Du siehst bedrückt aus", sagt sie. „War der Urlaub nicht schön? Und warum trägst du so einen warmen Mantel, mitten im Sommer?"

„Ich muss dir was erzählen", sagt er. „Ich trage manchmal sehr schreckliche Gedanken in mir. Ich habe das Gefühl, dass Tom mir mein Leben gestohlen hat. Im Urlaub habe ich in einem Park gesessen und dort eine Geschichte über Tom und mich geschrieben. Ich lese sie dir vor – sie ist ziemlich beunruhigend."

„Ich habe gerade mein Kind verloren", schluchzt Tom, „meinen dreijährigen Sohn. Plötzlich bekam er keine Luft mehr, bis er erstickt ist."

Tom, ein junger Unternehmer, sitzt neben Axel in einem Wartesaal im Krankenhaus, aber er erkennt Axel nicht. Er hat ihn seit seiner Kindheit nicht mehr gesehen. Sie sind ganz allein in dem Raum und sitzen auf zwei schwarzen Plastikstühlen. Der Wartesaal ist schmal und langgestreckt, wie ein Flur. Kalter Schweiß rinnt über Toms Stirn. Er hält einen schwarzen Mantel zusammengeknüllt in der Hand, den er aus seinem Garten mitgenommen hat, ohne es zu bemerken. Jetzt graut ihm plötzlich vor dem Kleidungsstück, und er lässt es fallen.

Tom ist ein großer Mann mit hellem blondem Haar. Wie ein kalter Schleier strahlt das Neonlicht auf ihn herab. Seine Frau ist bei seinem Sohn am Totenbett verblieben. Es ist nach Mitternacht.

„Was Sie mir da erzählt haben, das tut mir sehr leid", sagt Axel, nach Worten suchend. „Warum ist Ihr Sohn denn erstickt?"

Axel ist bleich, klein und schmächtig. Er hat glattes schwarzes Haar, das ihm strähnig in die Stirn hängt.

Tom beginnt zu erzählen. „Ich hatte mal einen Schulfreund, der hieß Axel. Als ich elf war, hatte Axel ein wunderschönes Fahrrad. Ich hatte nur ein altes, gebrauchtes Rad von meinem größeren Bruder. Deshalb war ich neidisch auf Axels schönes Rad."

Axel erinnert sich, wie er seiner Mutter, die von seinem Vater getrennt lebte, fast ein Jahr lang im Haushalt hatte helfen müssen, bis sie endlich seinem Flehen nachgab und sagte: Jetzt kaufe ich dir ein Fahrrad, das hast du dir redlich verdient. Er erinnert sich, dass er das neue Rad dann eines Abends versehentlich vor dem Haus hatte stehen lassen. Er hatte einfach vergessen, es in den Keller zu stellen, und am anderen Morgen war es dann verschwunden.

„Als ich das Fahrrad gestohlen hatte", erzählt Tom inzwischen weiter, „habe ich es einfach in den Fluss geworfen. Es versank und tauchte nie wieder auf. Niemandem habe ich das je erzählt, auch nicht meinen Eltern oder meinem Bruder. Unsere Familie war damals nach dem Krieg arm, aber als Erwachsener habe ich es dann zu Wohlstand gebracht. Zu jener Zeit aber hat es mir Spaß gemacht, die Dinge anderer zu zerstören. Ich habe keine Ahnung, warum mir das gerade jetzt einfällt."

Axel schluckt. Er fühlt wieder die Trauer, die er damals über den Verlust des Fahrrads empfunden hat. „Heute Nachmittag habe ich einen Vater mit seinem kleinen Jungen im Garten spielen sehen", sagte er. „Ich erkannte den Mann wieder, es war ein früherer Klassenkamerad. Er hatte eine schöne Frau, die auf einer Schaukel saß. Es schien ihnen gut zu gehen. Sie hatten ein schönes Haus mit einem Swimmingpool. Ich wusste, dass er inzwischen ein wohlhabender Unternehmer geworden war. Das Haus lag inmitten von Obstwiesen, und in der Nähe war ein See. Mit einem Mal stellte ich mir vor, wie es wäre, wenn der kleine Junge einfach immer weniger Luft bekäme, bis er langsam ersticken würde – und kein Mittel der Welt könnte etwas gegen diesen Tod ausrichten. Mit diesem Gedanken zog ich meinen Mantel aus, warf ihn in die Luft, und er flog über die Buchsbaumhecke direkt auf den Jungen zu, der ihn fangen wollte. Ja, er wünschte sich von Herzen, ihn zu fangen und breitete die Arme nach ihm aus. So weit er konnte, streckte er seine kleinen Hände in den blauen Sommerhimmel und rief: Fliegen! Fast wäre sein Vater ihm zuvorgekommen. Eltern wollen ihren Kindern ja immer zuvorkommen. Aber der Mantel fiel in die Arme des Kleinen."

„Mein Sohn war das!", ruft Tom. „Kaum hatte er den Mantel angerührt, warf er ihn erschrocken von sich und wurde ganz bleich. Und dann rang er nach Luft."

Axel lächelt. „Gewiss. Ich bin dann sofort in das Krankenhaus gefahren, um auf den Vater zu warten, und jetzt erzähle ich ihm gerade, dass ich seinen Sohn getötet habe. Und dass es mir große Freude macht, die Dinge anderer zu zerstören."

„Mein Sohn war kein Ding!", ruft der Vater entrüstet und steht auf. „Du bist ja verrückt!"

Axel läuft aus dem Krankenhaus davon und erinnert sich: Er ist verzweifelt, weil ihm sein Fahrrad gestohlen wurde. Er läuft überall herum, um es zu suchen, aber er findet es nicht wieder, und einige Tage später zieht er weg in ein anderes Dorf, wo seine Mutter eine neue Arbeit gefunden hat. Er geht jetzt hier zur Schule. Das Fahrrad bleibt verschwunden. Als er achtzehn ist, begegnet er im Dorf einem gleichaltrigen Mädchen namens Anna. Sie verlieben sich ineinander. Anna hat wunderschöne blaue Augen, und wenn er in diese Augen blickt, ist es, als erblicke er darin ein einziges wunderschönes Gefühl. Zwei Jahre später ziehen sie gemeinsam in eine kleine Wohnung.

Wieder ein Jahr später fragt Axel Anna, ob sie ihn heiraten will. Aber da gesteht Anna ihm, dass sie einen jungen Mann kennengelernt habe, den sie noch mehr liebe als Axel. Anna zieht aus der gemeinsamen Wohnung aus.

Axel ist so traurig über den Verlust seiner Freundin, dass er oft in die Kirche des Dorfes geht – eine kleine romanische Kirche mit weißen Mauern und einem Marienaltar. Dort sitzt er nun oft lange und betet.

Als er die Kirche einmal gerade verlassen will, sieht er in der letzten Bank einen seltsamen alten Mann. Er trägt einen langen schwarzen Mantel und darunter hellrote Schuhe. Er hält die Füße überkreuzt und sieht Axel an. Sein runzliges Gesicht verändert sich, und mit einem Mal ist es von so vielen Zornesfalten übersät, dass seine Augen nur noch schwarze Löcher sind in einem Wirrwarr aus tiefen Gräben. Er blickt auf Axels Hände und lächelt plötzlich. Dann steht er auf, zieht den Mantel aus und gibt ihn Axel.

„Damit kannst du Menschen Leid zufügen. Du musst ihn nur ausziehen und dir vorstellen, wie er zu den Menschen fliegt, die du leiden lassen willst. Wenn diese Menschen ihn berühren, ist es um sie geschehen."

Axel nimmt den Mantel und sieht den seltsamen Mann an. Doch je genauer er hinsieht, desto undeutlicher wird sein Gesicht.

Jeden Tag trägt Axel nun den Mantel, aber er setzt ihn niemals ein – bis der richtige Zeitpunkt gekommen ist.

Einige Jahre später geht Axel in dem Dorf spazieren, wo er seine Kindheit verbracht hat. Da sieht er Anna wieder. Sie hat inzwischen eine Familie gegründet und Axel erkennt auch Tom, der nun ihr Mann ist. Er muss ihre große Liebe sein, der erfolgreiche Unternehmer. Axel hat immer wieder von Toms wirtschaftlichen Erfolg gehört, während er selbst bloß ein kleiner Angestellter mit bescheidenem Gehalt geworden ist. Er denkt, dass sein Leben im Vergleich zu dem von Tom einer Ruine gleicht, die nach einem verlorenen Krieg übrig ist. Und doch hat er das Gefühl, dass der Krieg erst jetzt beginnt und dass er als Sieger daraus hervorgehen muss. Inmitten der Ruine sieht er in Gedanken sein gestohlenes Fahrrad liegen. Hat Tom es ihm gestohlen? fragt er sich. So wie er ihm Anna gestohlen hat?

„Das ist nur eine Geschichte, die du geschrieben hast, oder", fragt die Mutter und blickt auf den schwarzen Mantel, der über der Armlehne des Sofas liegt.

Axel nickt. „Dennoch wünsche ich mir manchmal, ich könnte mich rächen an Tom und Anna. Sie sind so glücklich miteinander und haben so viel. Tom hat mich so oft gehänselt, früher. Und er hat mir auch das Rad gestohlen, ich fühle das. Ich hätte mit Anna eine Familie gegründet, und wir wären glücklich gewesen. Glaub mir, Tom hat mein Glück zerstört, und deshalb würde ich den Mantel am liebsten so einsetzen wie in meiner Geschichte."

„Sag mir, Axel, woher hast du diesen Mantel wirklich", fragt die Mutter.

Axel antwortet nicht. Stattdessen ergreift er den Mantel und wirft ihn ins Feuer. Erschrocken blickt die Mutter in den Kamin, wo das Kleidungsstück in Flammen aufgeht.

„Ich hab ihn letztes Frühjahr gekauft", sagt Axel, „Zauberkräfte hat er nicht. Aber manchmal muss man zerstörerische Gedanken zerstören."

Lange blicken beide schweigend ins Feuer, wo der Mantel allmählich zerfällt und sich mit der Asche des Holzes mischt. Als Axel aufsteht und Scheite nachlegt, sagt die Mutter: „Deine Geschichte war gruselig, Axel. Erzähl mir doch lieber eine schöne. Gab es denn gar nichts Schönes auf deiner Reise?"

Axel blickt ins Feuer.

„Ich bin einem hübschen Jungen begegnet", erzählt er. „Er war etwa zehn und fuhr auf einem Fahrrad an mir vorbei. Ich konnte es kaum glauben, aber das Rad sah genauso aus wie mein eigenes, als ich so alt war wie er. Der Junge sah fröhlich aus, als er auf seinem Fahrrad durch das Tor der Stadt hinaus sauste – so fröhlich, dass ich ihm nachblicken musste. Ich blickte ihm hinterher, bis er verschwunden war. Am liebsten wäre ich dieser Junge gewesen."

Die Frau auf der Bank

Eine junge Frau saß auf einer Bank aus Eiche und sonnte sich. Da kam ein junger Mann auf dem geteerten Weg der Flusspromenade vorbei. Er aß weiße Schokolade. Die Frau auf der Bank rief den Mann mit der Schokolade im Mund zu sich heran: „Hey, du! Ich habe mich in dich verliebt. Komm zu mir und gib mir einen Kuss!"

Der junge Mann blieb ein paar Meter vor der Bank stehen und guckte verdutzt auf die kleine Fläche Gras neben dem Weg mit der Bank und der Frau. Gerade hatte er sich ein weiteres Stück Schokolade in den Mund schieben wollen, aber jetzt hielt er inne und schaute die Frau aus großen Augen an.

„Wie bitte", fragte er.

Dann sprachen sie beide eine kurze Zeit kein Wort mehr und sahen sich an.

Dann sagte sie: „Ich liebe dich. Du gefällst mir. Du hast mit mir gespielt."

„Unsinn", rief der junge Mann, „wir kennen uns ja gar nicht."

„Das ist Liebe auf den zweiten Blick", sagte sie.

„Und was ist mit dem ersten Blick?", fragte der Mann. „Und außerdem gefällst du mir überhaupt nicht. Du bist dick und unverschämt."

„Du bist auch dick, und du bist auch unverschämt zu mir!", rief sie und klang plötzlich sehr erregt.

„Ach, lass mich endlich in Frieden", sagte er, „du bist ja verrückt."

„Dann geh doch! Warum bist du nicht schon längst weggegangen, wenn ich dir schon lästig bin und du mich nicht einmal kennst?"

Darauf wusste er keine Antwort und ging.

Der junge Mann ging weiter, immer schneller den geteerten Weg am Fluss entlang. Irgendwann blieb er stehen, an einer Brücke aus Stahl. Er fragte sich, wohin er eigentlich wollte. Vor ihm breiteten sich Wiesen und Äcker aus, durch die der Fluss strömte. Die Stadt lag inzwischen zwei Kilometer hinter ihm. Er war zum ersten Mal hierher zurückgekehrt, seit seine Eltern mit ihm aus der Stadt gezogen waren. Damals war er noch ein Kind gewesen.

Er starrte geradeaus. Hinter der stählernen Brücke führte der Weg auf der anderen Seite des Flusses weiter, und dort floss der Fluss durch einen Wald und mündete bald darauf in einen größeren Fluss.

Der junge Mann wollte eigentlich schon weitergehen, da hörte er plötzlich jemanden laut und verzweifelt seinen Namen rufen.

„Bleib stehen!", rief die junge Frau. Sie war ihm nachgegangen, und jetzt hatte sie ihn schon beinahe eingeholt. Ihr Gesicht war rot und heiß, und sie war ganz außer Atem. Sie verharrte einige Meter hinter ihm, als er sich umdrehte und sie mit seinem Blick bedachte.

„Hau ab!", rief er und seine Augen blickten böse.

„Entschuldigung", sagte sie kleinlaut.

„Warum tust du das", fragte er kühl.

Sie nickte und weinte. „Irgendetwas in dir kennt mich immer noch. Hättest du sonst mit so einer Verrückten gesprochen?"

Er sagte nichts mehr und ging weiter den Fluss entlang stromabwärts. Er wollte einfach nur weitergehen und alles hinter sich lassen. Die halbe Tafel Schokolade, die er eigentlich noch hatte essen wollen, ließ er zu Boden fallen.

Die Frau ging den Weg allein zurück. Sie hätte den jungen Mann gern mitgenommen, aber sie wusste, es ging nicht mehr.

Am Fluss entlang kam sie nun immer weiter, gegen die Strömung in Richtung der kleinen Stadt. Als sie endlich am Stadttor ankam, war der kleine Fluss nur mehr ein Bächlein, das durch die Stadt plätscherte. Als sie aber die Stadt betrat, da sah sie ihn wieder vor sich – den Jungen, der mit ihr am Bach gespielt hatte.

Sie hatte als kleines Mädchen auf der Bank am Stadttor gesessen, unter dem alten Olivenbaum, der damals noch Früchte trug. Sie war von zu Hause weggelaufen, weil die Eltern sie gezwungen hatten, einen Gemüsestrudel zu essen. Ihr war speiübel gewesen. Sie hatte sich auf die Sitzbank gesetzt, neben einem Schotterweg und dem kleinen Bach.

Jetzt setzte sie sich auf dieselbe Bank wie damals und fühlte sich genau wie in jenem Moment: trotzig, traurig und einsam.

Ein kleiner Junge war vorübergekommen und auf sie zugelaufen. „Hey, ich will mit dir spielen!", hatte er gesagt.

Dann hatten sie auf der Wiese um den Olivenbaum herum Fangen gespielt, und als sie beide endlich müde waren vom Spiel, ließen sie sich ins Gras fallen. Sie sahen einander an und sprachen kein Wort. Er lächelte sie an, seine Augen blickten zutraulich. Sie umarmte ihn. Er gab ihr einen Kuss auf die Wange – und auf einmal riefen ihre Eltern nach ihr. Die Eltern schimpften, weil sie einfach vom Mittagstisch weggelaufen war, und zwangen sie, mit ihnen nach Hause zu kommen. Sie schrie und stampfte, aber der Vater hob sie mit seinen kräftigen Armen einfach hoch. Sie konnte sich nicht wehren gegen seine Kraft. Der Vater trug sie auf seinen Armen fort, und über seine Schultern blickte sie zurück zu dem Jungen, der allein im Gras sitzen blieb – enttäuscht und verständnislos. Sie weinte. Ihre Mutter schimpfte mit ihr, aber sie hörte gar nicht zu. Sie blickte hinauf zur Sonne und rief: „Wo bist du, lieber Gott, um mir zu helfen?"

Danach hatten sie sich nie wiedergesehen. Bis zu dem Tag mit der Bank aus Eiche und der weißen Schokolade.

Ein Junge schoss seinen Fußball in ihre Richtung. Sie fing ihn in ihren Armen und hielt ihn fest. Der Junge lief auf sie zu. Er war etwa sechs Jahre alt und fragte außer Atem: „Geben Sie mir bitte den Ball zurück?"

Sie drückte den Ball zuerst nur noch fester an sich, aber dann neigte sie sich langsam nach vorn, schloss die Augen und ließ ihn los.

Der verschlossene Himmel

Der Himmel hatte sich verschlossen hinter weißen Wolken. Ein junger Mann saß auf einer kleinen Wiese zwischen Ahorn- und Nussbäumen. Es war ein kühler Nachmittag, ein 8. September, Mariä Geburt. An die Wiese mit den Bäumen grenzte ein Fischteich, in dem man nicht schwimmen durfte. Das Vorfahrtsschild zur Landstraße am Ende des Schotterwegs, der um den Teich führte, war verbogen und der Pfosten, der es trug, stakte schief in der Erde.

Der junge Mann im Gras war achtundzwanzig Jahre alt. Am gegenüberliegenden Ufer stand noch ein fünfzehn Jahre alter Junge, der mit zwei gleichaltrigen Mädchen scherzte. Die Mädchen hatten es sich auf einer Bank nahe am Wasser bequem gemacht. Sie trugen kurze rote Sommerröcke und enge Blusen in Rot und Schwarz. Sie kicherten hinter vorgehaltenen Händen. Der Junge trug eine enge Jeans und einen grünen Pullover und hatte einen dichten, dunkelblonden Haarschopf.

Eine Frau spazierte mit einem Kinderwagen und einer runden roten Handtasche an dem jungen Mann auf der Wiese vorbei. Hinter einem Maschendrahtzaun, der sie eingrenzte, fuhr ein dunkelgrüner Jeep rückwärts durch eine Apfelbaumplantage. Auf einem Steg, der über das Wasser führte, gaben sich zwei kleine Jungen mit Ponyhaarschnitt einen Kuss auf den Mund. Beide trugen blaue T-Shirts.

Der junge Mann auf der Wiese beobachtete den Jungen am Ufer gegenüber, wie er bei den Mädchen stand und verliebt lächelte. Er stand auf und näherte sich der Gruppe. Die beiden kleinen Jungen verließen den Steg und liefen nun geradewegs auf ihn zu. Da erkannte er, dass es Mädchen waren.

Eines der Mädchen rief: „Achtung, da ist Schlamm!" Sie deutete auf eine Stelle auf der Wiese. Der junge Mann sah aber keinen Schlamm. Er konnte sich mit einem Mal auch nicht mehr vorstellen, dass sich die beiden Mädchen auf den Mund geküsst hatten. Aber vorhin waren sie ja noch gar keine Mädchen gewesen.

„Lena, wo hast du das Seil hingeworfen", fragte das eine Mädchen.

„Ich habe es doch in der Hand", antwortete die Angesprochene.

„Sieh mal, da ist eine Schwalbe!", rief das erste Mädchen und deutete in eine bestimmte Richtung hinauf zum Himmel.

Damit liefen die Mädchen zurück zum Holzsteg, hinter dem aus der Ferne jetzt eine weibliche Stimme rief: „Seid ihr auch nicht zu weit weg, Anna und Lena?" Jetzt war auch die Silhouette einer Frau zu sehen. Es mag ihre Mutter sein, dachte der junge Mann. Es sah so aus, als wollten Anna und Lena lieber der Schwalbe nachlaufen; sie schienen die Frau, die sie besorgt rief, gar nicht beachten zu wollen.

Der junge Mann ging weiter auf die Jugendlichen zu, die ihn nicht zu bemerken schienen. Radfahrer bogen von der Landstraße in den Schotterweg, der um den Teich führte. Einer von ihnen war sehr alt und trank eine Dose Coca Cola Zero. Er hatte sich offenbar in den Weiher verliebt und den anderen Radfahrern vorgeschlagen, ihn zu umrunden. Immer wieder richteten seine kleinen runzligen Augen sehnsuchtsvolle Blicke auf das grüne Wasser und sahen zuweilen auch in Richtung des jungen Mannes.

Ja, dachte der junge Mann, er ist schön und grün, der Teich. Und er spiegelt die Berge ringsum und den verschlossenen Himmel.

In der Mitte des Teichs war eine Insel aus Schilf und Laubbäumen. Sie sah aus, als flöge sie über den verschlossenen Himmel, der sich im Wasser spiegelte. Der junge Mann hasste den verschlossenen Himmel dafür, dass er die Sonne verdeckte und lief nun eiliger auf den Fünfzehnjährigen zu. Als er direkt vor ihm stand, packte er ihn und warf ihn in den verschlossenen Himmel. Die Mädchen schrien auf.

„Hier ist Baden verboten!", machte sich sofort ein alter Bauer bemerkbar, der plötzlich um eine Eiche herumkam. Er hatte einen roten Bart, aber die Haare auf seinem Kopf waren weiß und dicht. Er trug eine blaue Latzhose über einem Bierbauch.

Indes waren Anna und Lena wieder über den Steg gelaufen und auf den morschen Zaun geklettert, der ihn umwehrte. Der Zaun stürzte um, und die Mädchen fielen in den Teich, an seiner tiefsten Stelle. Die beiden jugendlichen Mädchen in den kurzen Röcken sprangen sogleich ins Wasser, um den Kindern zu helfen. Der Bauer fluchte.

Nass und wütend sprang der Fünfzehnjährige jetzt wieder aus dem Wasser und hielt Ausschau nach dem jungen Mann. „Ich bring dich um!", rief er. Doch der junge Mann war verschwunden.

Die Frau mit dem Kinderwagen und der roten Handtasche erschrak. Auf einmal stand da ein durchnässter Junge vor ihr, blickte ihr wütend in die Augen und brüllte: „Ich bring dich um!" Sie ließ den Kinderwagen los. Er rollte ein Stück auf den Weiher zu und stürzte über die Böschung ins Wasser. Das Baby darin purzelte in die Wellen des verschlossenen Himmels. Die Frau schrie auf und sprang hinterher. Der Bauer mit dem roten Bart und dem Bierbauch brachte noch einmal das Badeverbot ins Spiel. In diesem Moment stürzte der Pfosten des Vorfahrtsschildes um, als der junge Mann in einem klapprigen Corsa hastig losfuhr und es streifte.

Da brach endlich die Sonne durch die Wolken. Der Himmel war bereit, sich zu öffnen. Der junge Mann in dem Corsa beachtete die Vorfahrt nicht. Eilig fuhr er in die Landstraße ein und prallte mit einem Lastwagen zusammen.

Die Kinderwagenfrau holte das Kinderwagenkind aus dem Teich. Es schrie und klammerte sich nass und frierend um ihren Hals. Der Fünfzehnjährige saß daneben im Gras und fluchte hinauf zum Himmel, der ihm einige Sonnenstrahlen schickte.

Die jungen Mädchen hatten derweil Anna und Lena wohlbehalten ans Ufer gebracht. Die Silhouette, die der junge Mann für ihre Mutter gehalten hatte, war nicht mehr zu sehen.

Wenig später raste der alte Radfahrer mit den anderen Radfahrern zur Unfallstelle und warf seine leere Coladose in den Teich, bevor er vor Schreck über die Sirenen des ihnen entgegenrasenden Notarztwagens selbst ins Wasser stürzte. Der Notarztwagen kam von der Fahrbahn ab, weil er den Radfahrern hatte ausweichen wollen, die mitten auf der Landstraße gefahren waren, und landete ebenfalls im Teich.

Der Bauer stand am Ufer und schüttelte den Kopf. „Hier herrscht Badeverbot", wiederholte er.

Neben ihm erschien nun eine hell gekleidete Frau mit einer Schwalbe auf dem Kopf und sprach: „Die Schwalbe wird bald in den Süden fliegen, es ist der achte September. Und die Menschen sind doch alle in den Himmel gefallen. Der junge Mann ist ihnen vorausgegangen."

Kleeblattsuche

Ein junger Mann ging eine einsame Straße entlang. An einer Kreuzung sah er ein Vorfahrtsschild.

Da kam ihm ein Auto mit einer jungen Frau darin entgegen. Die fragte ihn nach dem Weg. Aber er hatte keine Lust, eigens ein Stück mitzufahren, wie sie verlangte, und ihr den Weg zu zeigen. Er ging weiter die einsame Straße entlang.

Bald hielt ein anderes Auto, darin saß eine alte Frau. Sie fragte, ob der junge Mann mit ihrem Auto fahren wolle. Sie sei müde und brauche jemanden, der für sie die letzten Kilometer zu ihrem Haus fahren würde. „Ich will Ihnen das Auto dann auch schenken", sagte sie. „Sie sind so jung."

„Was habe ich davon", fragte sich der junge Mann. Er konnte ja gar nicht Auto fahren. Aber er schwieg und ging weiter die Straße entlang.

Dann begegnete dem jungen Mann ein drittes Auto. Darin saß ein anderer junger Mann und fragte ihn: „Willst du einsteigen? Wohin es geht, entscheidet das Kleeblatt."

Der junge Mann auf der Straße schaute sich um und erblickte ein Vorfahrtsschild. Er stand nun wieder an derselben Kreuzung wie zu Beginn. Auf dem Vorfahrtsschild hing ein dreiblättriges Kleeblatt.

„Jetzt steig schon ein", flüsterte eine Stimme in seinem Kopf, „ein Vierblättriges findest du unterwegs – vielleicht."

Die letzte Rolle

Eines späten Abends, es war im Dezember, klingelte es an der Tür eines fünfundzwanzigjährigen Mannes. Draußen vor seiner Wohnung stand ein alter Mann. Er trug ein schmutziges Sweatshirt, in dem er offensichtlich fror, und eine beige Pyjamahose, die alt und verbraucht aussah. Sein Gesicht sah eingefallen aus. Die Runzeln in seinem Gesicht waren tief, und seine Augen waren so dunkel wie der schwarze Nachthimmel.

„Darf ich bei dir übernachten, Junge", fragte der Alte unsicher und hoffnungsvoll.

Normalerweise hätte der junge Mann so etwas niemals zugelassen. Er war Fremden gegenüber misstrauisch und vorsichtig – nicht zuletzt deshalb, weil er ganz allein in der kleinen Wohnung wohnte. Diesmal aber kam es anders.

„Nun gut", sagte er einfach.

In dem Moment, da er es ausgesprochen hatte, überfiel ihn blanke Angst. Er bat den Mann aber trotzdem in seine Wohnung, denn er hatte das Gefühl, sich seiner Angst stellen zu müssen.

Er führte den Alten durch einen engen, dunklen Flur in ein kleines Wohnzimmer. Die Heizung war hochgedreht, aber der Alte fror trotzdem. Im Wohnzimmer schaltete der Junge die Stehlampe ein, und sofort hüllte sie das Zimmer in einen goldenen Schein. Er bot dem Alten das Wohnzimmersofa zur Übernachtung an.

Sein Gast dankte ihm und lächelte erfreut, und als der junge Mann ihn nun genauer anblickte, wusste er ganz sicher, dass er kein Bettler, Alkoholiker oder Ganove war. Ihm gefiel das herzliche Lächeln des Alten.

Der saß nun auf dem Sofa und blickte besorgt auf das Fernsehgerät. Das Bild war eingeschaltet, der Ton leise. Er legte sich hin, nahm die rosarote Decke und deckte sich damit zu.

„Ich bin müde", sagte er und schob sich noch ein Polster unter den Kopf.

Der junge Mann verstand und schaltete den Fernseher aus. Im selben Moment erlosch die Stehlampe. Er dachte, der Alte müsse irgendwie an das Kabel geraten sein und die Lampe so ausgeschaltet haben.

„Ich war Schauspieler", erzählte der Alte, und da ließ der junge Mann das Zimmer dunkel, denn er wagte es nicht mehr, den Alten zu unterbrechen. „Aber jetzt muss ich die Welt nicht mehr sehen. Und ich muss auch nicht mehr nach ihren Gesetzen meine Rollen spielen."

Der junge Mann nahm die Worte des Alten ernst, denn er war selbst Schauspieler. Er blickte zu der Glastür, die vom Wohnzimmer auf den Balkon hinausführte. Es war eine klare Dezembernacht. Er dachte an die dunklen Augen des Mannes, die noch schwärzer gewesen waren als der Sternenhimmel und hatte das Gefühl, er müsse die Stehlampe wieder einschalten. Als er den Stecker wieder hineingeschoben hatte, war der alte Mann plötzlich verschwunden.

Er beschloss, sich etwas auszuruhen, legte sich aber nicht ins Bett, sondern auf das Sofa, wo der Alte gelegen hatte. Er sah lange fern und vergaß dabei die seltsame Geschichte mit dem alten Mann. Er sah sich selbst im Fernseher: Er war

Koch, er gründete eine Familie, und er war ein liebevoller Familienvater. Er war in zwei Vereinen seines Dorfes engagiert, er half Menschen, er tröstete Menschen, er schimpfte mit Menschen, er liebte Menschen.

Als der Morgen schon graute, erwachte er auf dem Sofa und stellte fest, dass er ein alter Mann war. Ihn überkam Angst, als es nun klingelte. Langsam tappte er an die Tür, denn er hatte das Gefühl, sich seiner Angst stellen zu müssen. Er trug ein schmutziges Sweatshirt, in dem er fror, und eine beige Pyjamahose, die alt und verbraucht aussah.

Draußen stand ein junger Mann und lächelte ihn an. „Papa!", rief er. „Wie geht es dir? Du musst dich schonen, du bist krank."

Nun spielte er die Rolle des alten kranken Vaters.

Sein Sohn ging an ihm vorbei ins Wohnzimmer. Der Vater folgte ihm. Im Wohnzimmer standen sie einander gegenüber und hatten sich nichts zu sagen. Von draußen fielen Sonnenstrahlen durch die Glastür auf das dunkelblonde Haar des Sohnes und ließen es leuchten.

Der Vater drehte sich zum Fernseher, der ausgeschaltet war, und blickte in das schwarze Bild. Dabei lächelte er traurig und zugleich hoffnungsvoll. Er wünschte sich eine Zeit herbei, in der er keine Angst mehr haben musste.

Zeitfracht Medien GmbH
Ferdinand-Jühlke-Straße 7
99095 Erfurt, Deutschland
produktsicherheit@kolibri360.de